文春文庫

女たちの家

上

平岩弓枝

文藝春秋

女たちの家　上　目次

女たちの家　上

肩叩き退職

青山はるみの住む高級マンションの台所は、どういうわけか昼間でも電気をつけなければならないように出来ていた。

台所に窓がない。

小さな窓でも、開けはなって、思いきり魚を焼いたり、天婦羅を揚げてみたいと、はるみは時折、考えることがあった。

もっとも、このマンションは換気扇が完備しているので、くさやの干物を焼こうが、にんにくをいためようが、臭いが室内にこもるということはない。

厚手の天婦羅鍋をコンロにかけて、はるみはちょっとリビングの様子をうかがった。

日曜日の夕方、ぼつぼつ六時になろうという時刻である。

客は、はるみにとっては義理の息子に当る青山誠であった。先妻の忘れ形見であった。

はるみが再婚で青山家に嫁いで来た時、十八歳の高校生だった彼も、七年前に二十七歳で結婚し、今は静岡市内で内科医を開業している。多忙でもあるのだろうが、なにかで上京して来ても、滅多には親の家へ寄ったことがなかった。

それに、来れば、必ずといって、よい話ではないのでもある。

正直いって、はるみは、この長男が苦手であった。生《な》さぬ仲なので、彼女としては随分、気をつかって来たつもりだが、遂に打ちとけてくれなかった。

進学も、就職も、結婚も、転居も、すべて、はるみは夫から

「誠が、こうしたいといっている」

という形で知らされて来た。

といって、別に義母であるはるみに敵意を持っているというのではなく、要するに、ざっくばらんになれない余所余所《よそよそ》しさを、はるみは男の子のそっけなさと解釈して、あまり気にしないでやって来た。

それでも、今日のように、久しぶりにやって来て、父親と息子が長々と話し込み、はるみがお茶を運んでいったりすると、ふっつり黙ってしまうというのは、どうも不快であった。

「おい、誠が帰るよ」

リビングへ近づいたとたんに、夫の声がかかって、はるみは狼狽した。

玄関へ通じるドアを、息子はもう開けている。

「お食事の仕度、出来ているんですよ。いい海老があったから、天婦羅にしようと思って……誠さん、海老が好きだったから……」

義理の息子は軽く会釈をして、低く、すみません、といった。

「万里子と守が、銀座で待っているそうだ」

息子の妻と子供の名であった。

「あら、それじゃ、家へ来てもらったら……」

「まあ、いいさ、親子水入らずで遊んで行きなさい」

父親は息子のあとから玄関へ出て行き、はるみもその後に従った。

狭い玄関に揃えてある息子の靴は、たまたま今朝、はるみが磨いて片隅に寄せておいた父親の靴よりも新しくて上等であった。

イタリーの有名ブランドの名前が、靴の中にある。

「それじゃ、又、来週にでも電話しなさい」

父親がいい、息子は頭を下げてマンションの玄関を出ていった。

「三人で上京したんなら、そろってここにも顔を出したらいいのに……」

リビングへ戻りながら、はるみは不満を口に出した。

「時間がなかったんだそうだ」

「守の進学のことで、万里子は守を連れて友達のところへ相談に行ったんだ」

「守ちゃん、来年、小学校でしょう」

「受験戦争は、とっくに始まっているんだとさ」

「静岡の小学校へ入れるんじゃないんですか」

「迷っているらしいよ」

「小学校から東京なんて……いったい、どうするんですか」

静岡で開業している。

「まあ、合格すれば、又、その時の話だろう」

飯にしようじゃないか、という夫にうながされて、はるみはリビングの汚れた客茶碗を台所へ運んだ。

天婦羅鍋のかかっているガスに火をつける。

時間がなかったというのは、いいわけにならないと思った。

訪ねて来る気があるか、ないかである。

嫁の万里子はとにかく、五歳になった守は夫婦にとって、たった一人の孫であった。

はるみですら、どんなに大きくなったか、ちょっと顔がみたい気持なのだから、血の続いている夫は、どんなに逢いたいだろうと思う。

「時間……」

「銀座で食事をして行くくらいなら、ここへ来たっていいのに……」

台所に入って来て、冷蔵庫からビールを出している夫に愚痴をいった。

「お前に厄介をかけると思ったんだろう」

「水臭い、親子じゃないの」

「若い連中は、食べたいものがあるのさ」

食事をすませて、まっすぐ新幹線で静岡へ帰るのだから、時間的にも余裕があまりない。

「ここの家へ来ると、つい遅くなるだろうからな」

「守ちゃんにも随分、逢っていませんね」

「相変らず、きかん坊らしい。油の鍋でもひっくりかえされたら大変だよ」

下ごしらえのできている天婦羅を次々に揚げて、夫婦は台所のすみの食卓で、夕食をとった。

「誠が、家を建てることにしたそうだ」

妻のコップにビールを半分ほど注いで、成一がいった。

コップを取ろうとした、はるみの手が止った。

「家って。どこに……」

「静岡だよ」

「あるじゃありませんか」

結婚と同時に、市内のビルに診療所を持ち、その近くに、小さな家を買った。

「あそこは日当りが悪くて、狭すぎるそうだ。近所の環境も、守のためによくないらしい」

はるみは嘆息をついて、ビールを飲んだ。

「で、どこへ引越すんですか」

「駿河平というところに土地を買った。久能山のすぐ近くで、高台だから海が見渡せる。高級住宅地だが、比較的、安いのは、土地を買ったら、すぐ家を建てるというのが条件だからだそうだよ」

「安いっていったって、そんないい場所なら……」

「大体、二千万前後かな」

「土地だけで……」

「静岡は、浜松にくらべて割高だそうだな」

「容易じゃありませんね」

一流大学を出して、医者にするだけでも、相当な金のかかった息子であった。

結婚して開業させる時、父親は、親の代から浜松に持っていた土地をかなり手放した。

「銀行から融資を受けたそうだが、三千万ほど助けてくれといって来たんだよ」

流石《さすが》に、いいにくそうに成一は妻の顔をみないようにしていった。

「三千万ですか」

「勿論、それだけでは足りない。周囲の家は安くて四、五千万、中には一億以上の家が並んでいるそうだ」

「今から、そんなに見栄をはらなくたって」

「一つには、医者の信用のためだね。どうせ建てるなら、しっかりした家のほうがいい、わたし達が行った時に泊る部屋も作りたいといっていた」

そんなみえすいた甘言に、父親というのはやすやすと乗るものかと、はるみはいささかあきれて夫の顔を見た。

地方公務員として三十年以上も勤めてきて、職場では、けっこう切れると噂のある男なのである。

「お金、どうするんですか」

勿論、そんな多額の貯金がある筈はない。

「土地を売るんですか」

浜名湖の近くに、まだ親から受け継いだ土地が残っていた。

成一の父親の代までは、農家で近在に山や土地を持つ、まあまあの資産家でもあった。

父親の死後、財産は成一と、弟の成二で平等に分けた。

「奥浜名の土地は売りたくないんだ。あそこは場所もいいし、これからどんどん開発される。俺達の老後のためにとっておきたい」

「でも、三千万円なんて、そんなお金ありませんでしょう」

天婦羅でビールを旨そうに飲んでいる夫を、はるみは複雑な気持で眺めた。

いくら一人息子でも、親がそれほどまでにしてやる必要があるだろうかと思う。

医者になるには金がかかる御時世だから、一人前の開業医にしてやるまでに、青山家の先祖伝来の山だの、土地だの、かなりのものが消えてしまったのは、まあ、止むを得ないと、はるみもあきらめている。

が、開業して、けっこう繁昌している診療所を持ち、ロータリークラブだか、ライオンズクラブだかにも名をつらねて、当人も一人前の顔をし、妻も子もある三十四歳にもなる息子に、まだ家を建てる金の一部を負担してやらなければならないというのは、どうにも合点が行かなかったが、それを口に出すことが出来ないのは、義理の仲だからであった。

「実はね」

ビールのコップをおいて、成一が少々、屈託した表情になった。

「俺、辞めようかと思っているんだ」

「やめるって……なにを……」

見当がつかなかった。息子への出資をやめるのかと思う。

「役人に停年はない、働こうと思えば、まだまだ働ける。別に肩叩きされたわけでもないんだがね」

夫がなにをいおうとしているのか、やっと気がついて、はるみは青くなった。

「あなた、やめるって……」

「中高年職員の勧奨退職募集の条件が、意外といいんだよ」

退職金が、普通の退職の五割増というのがマスコミに報道されたが、内実は
「二倍ぐらい、もらえるんだ」

つまり、勤続十年までは、五割増の退職金だが、十一年目からは割増率が上るので、二十年を越えると完全に十割強の退職金が出ることになる。

青山成一の場合は、今年でちょうど三十六年勤続であった。

「割増率からいうと、最高なんだ。そのせいもあって、俺のまわりからも、だいぶ辞める奴が出ているんだよ」

「でも、あなた、六十にもならないのに……」

夫が職を失うことのほうが、はるみには不安であった。

「民間会社なら五十五歳が停年だよ。俺は四年もオーバーしているんだ」

「それにしたって、体も悪くないのに……」

「少々、疲れたよ、ぼつぼつ、後進に道をゆずる時期だと思うんだ」

大正生まれの男の考え方に、昭和生まれの女は戸惑った。

「正直なことをいうと、少々、仕事がやりにくくなっているんだ」

長年、成一に目をかけてくれていた上役が、この冬、心臓病で急死した。成一はいわば、彼の側近の一人であった。

「今までが順風満帆だったから、やっかむ奴も多い。まあ、あまりいやな思いをしない中《うち》に辞めたいとは思っていたんだよ」

思いがけない夫の告白に、はるみは、しゅんとなってしまった。

およそ、常日頃は仕事の話など、全くといってよいくらい、しない夫であった。

「今、退職すれば、退職金の中から、誠のほうに金も出してやれるしね」

再び、はるみは仰天した。

「そんなに出るんですか」

民間の大企業でも、停年退職の時に手に出来るのは、せいぜい千五、六百万円がいいところときいている。

役人のほうが割がいいとは知っていたが。

「だから、希望退職だと、今回は二倍になるといったろう」

「三千万ぐらい、出るんですか」

「もらってみなけりゃわからんよ」

いくらか満足そうに成一は笑った。

「まあ、共済年金も出ることだし、やめるといっても、そんなに心配することはない」

いっそ、奥浜名のほうへひっこんで、なにか新しい商売でもしようかと、成一は冗談らしくいった。

「年をとってからのマンション暮しは、まっ平だからな」

庭のある家に住みたいと夫が考えているのは、はるみも知っていた。

農家で育って、少年の頃までは田畑を手伝っていた。

土に対する郷愁は都会育ちのはるみよりも遥かに強い。

「でも、商売をするっていったって、今からじゃ大変ですよ」

女房は用心深かった。

夫は五十九歳で、はるみは四十九歳である。

どっちにしても、そう人生が長々と残っている筈はない。

「晩年になって、しなくてもいい苦労をするのは、いやですよ」

武家の商法ということわざもあった。

「ペンションなんか、どうかな」

思いがけないことを、成一がいい出した。

「ペンションですって……」

「今、はやりだそうじゃないか。若い連中は冬はスキーで、夏はペンションへ泊りに行くのがナウなんだそうだ」

「ホテルの小さいのですか」

「洋式の民宿だろう。外国じゃ家族だけでやっているのが、けっこう多いらしいよ」

そんなことを、いつの間に調べたのか、亭主がフロントやキャッシャーをして、女房がコックをやり、従業員は使わないでもなんとかなるという。

「せいぜい、部屋も十室くらいまでだろうがね」

「奥浜名あたりで、お客が来るでしょうか」

ふっと、はるみもその気になった。

日本人の感覚というのは可笑《おか》しなもので、民宿をやるというと、あまりぱっとしないのに、ペンションときいただけで、なんとなく気持が若やいでくる。

が、まだ現実性はなかった。

日曜の夜の、初老の夫婦のちょっとした話題だけであった。

だが、その週のはじめに、成一は希望退職の申込みを提出した。

今月一杯で、三十六年間働いた職場を去るとなると、流石に複雑な心境らしかった。

「みんなが、やめるなといって引き止めるんだ。新しい上役までが、せめて、もう一、三年なんていいやがってね」

帰って来て、嬉しそうに、そんなことをいう。

しかし、退職を翻意するつもりはないようであった。

はるみのほうは、ただ茫然と、成行きを見守っているばかりであった。

結婚以来、重大な事柄を決定し、実行するのは、すべて成一であり、はるみは夫唱婦随で黙々とついて来た。

今度のことにしても、慣例通りである。

それでも、不安を一人で胸の中にしまっておける性格ではなく、はるみは早速、姉の岩下けいに電話で、おおよそのことを話した。

「ちょっと、そんな大事なこと、電話で話す人がありますか、出て来なさいよ。早く……」

姉にどなられて、はるみは、家の中でだけ着ているずん胴のあっぱっぱを脱ぎ、これもゆったりしたジャージイのツウピースでマンションを出かけた。

暦の上では、すでに春だが、東京の街はいつまでも底冷えが残っている。

コートを着てきたほうがよかったかと思いながら、わざわざ引返すのも面倒で、はるみは広尾からバスで青山へ出た。

実姉の岩下けいは、未亡人だが、青山と渋谷にコインランドリイの店を二軒持ち、青山の店のある小さなマンションは、彼女が家主であった。

当人もその一階に住んでいる。

コインランドリイは、けっこう繁昌しているらしく、いつ、はるみがやって来ても、何台かある洗濯機の大方が動いているし、洗濯物の仕上りを待つらしい客が、すぐその隣りの、これも岩下けいが経営しているティールームで、のんびりとお茶を飲んだりテレビをみたりしている。

けいは、ティールームに居た。

植木鉢の花に水をやって、手入れをしている。

姉妹そろって、まめで働き者で、ちっともゆっくりしていられない貧乏性のところが、母親ゆずりだったが、公務員の女房になったはるみと、三十代の終りに未亡人になって女手一つで二人の子を育てたけいとでは、まめさ加減に、かなりの差が出来ている。

性格も、けいのほうがせっかちであった。

「ちょっと、ここよ」

はるみが気がつく前に、姉のほうが手を上げて、店の外にある水道の蛇口をひねって、ざぶざぶと手を洗う。

「妹が来たから、部屋へ行ってますよ。いそがしくなったら、声かけてちょうだい」

ティールームのレジにいる女の子に声をかけて、さっさと自分の部屋へ歩き出した。

はるみは、レジの女の子とそのあたりの客に会釈をしてから、姉の後を追う。

三DKの部屋であった。

リビングには、けいの趣味でさまざまの鉢植えが、ぶら下ったり、並んでいたりする。

これが、はるみにはいささか剣呑《けんのん》であった。

鉢植えの緑の葉のかげから青虫が這い出してくるのではないか、蜘蛛が糸をひいて下りてくるかと、すわっていても気が気ではなかった。

はるみは、虫がきらいである。

「大きな体をして、なによ、虫のほうが、よっぽど怖がってるわよ」

などと、姉から笑われるのだが、これればかりは生れつきでどうにもならない。

姉妹のくせに、姉のほうは子供の頃から生き物と名がつけば、大抵のものは大好きで、小さな雨蛙を両手の中に包み込んで
「ほら、かわいいでしょう」

と妹に自慢して、はるみをひっくり返らせた実績がある。

「動物が飼えないのが、マンション生活の悩みよ。住んでいる人に飼わないでくれといってある以上、大家のあたしが禁を破るわけに行かないもの」

久しぶりにやって来たお茶好きの妹のために、とっときの玉露を入れながら、けいは相変らず元気のいい話し方をする。

「要介君は……」

「息子は会社よ」

「咲子ちゃんは……」

「娘は学校……」

節をつけて返事をしながら、妹を叱った。

「あんた、少し考えて喋りなさいよ。今日はウイークデイじゃないの。会社へ行ってる人間は会社、学校へ行ってるのは学校にきまってるじゃない」

「姉さんとは、うっかり話も出来ないわね」

「頭の回転が鈍くなっているから、気をつけなさいっていってるのよ」

成一さん、退職したの、と、けいは話題を変えた。

「届けは出したの、今月一杯で辞めるんですって……」

「退職金が有利なんですってね、今、やめると……」

「どうして知ってるの」

「あんたが電話でいいましたよ、第一、新聞にも週刊誌にも出ていたわ」

姉は子供の時と同じ調子で妹をやっつけた。

「やめて、どうするって……」

「浜松へ帰ろうかっていってるけど、まだ具体的には、なんにも……」

玉露を飲み、はるみは姉の出してくれた唐饅頭に手を出した。

「成一さんの気持はわかるわよ。もともと浜松の人なんだし、晩年は故郷へ帰りたくなるっていうのも、自然の情だわね」

ただし、とけいは語尾に力を入れた。

「そのきっかけがいやだわね。退職金から息子にお金を出してやるためにっていうの」

「あたしも、そうなのよ」

得たりと、姉の顔をみたとたんに
「でもね、考えようによっては、それも当り前よ」

「どうして……」

「どっちみち、成一さんに万一のことがあれば、遺産はあんたと誠さんで分けるんだから……」

生きている中の遺産相続だと、けいは笑った。

「そんなことになるの」

「なりますよ、法律上、ちゃんと」

姉がそういうことにくわしいのは、はるみも知っていた。

小さくとも、女流実業家のはしくれである。

経済関係はもとより、身近かな法律や社会問題にも博識なところをみせる。子供の時から頭のいい姉であった。

「親なんてつまらないわね、一生かかって働いたものを、あらかた子供にとられちゃって……」

子供は、それを感謝するどころか、当り前のように思っている。

「結婚すれば、お嫁さんのいいなりだし……」

そもそも、静岡に開業するというのからして、嫁の実家の入れ智恵だと、はるみは、もう何度も姉にいいつけた苦情を、又、繰り返した。

万里子の実家が静岡の、まあ名士に数えられる家柄で、静岡で開業するなら、充分、バックアップしてやれると申し出た。

「いいじゃないの。それでうまく行ってるんだから……」

「成一がかわいそうになるのよ。一人息子をむこうにとられちゃったみたいで……」

同じ静岡市内だから、嫁の実家にはべったり近づいた暮しをしている。

「男は、そんな細かなこと、気にしないわ」

「つくづく、親になんかなるものじゃないと思う」

「そりゃ、あんたが子供を産んだことがないからよ」

妹のために、二杯目の玉露を入れてやりながら、けいがわけ知り顔をした。

「自分の子供だったら、親はいくらしてやったって、ちっとも損をしたなんて思わないわ。出来ることなら、なんだってしてやりたいのが親だもの」

「限度があるんじゃない」

「いいえ、親の愛ってのは、広大無辺よ」

はるみは黙ったが、心中、決して納得したわけではなかった。

いくら、腹を痛めた我が子でも、すっからかんになるまで貢いでやれるものかどうか。

せめて、その子が親の愛情に感謝し、親に思いやりを持ってくれるならともかく、頂くものは頂いて、はい、さようなら、で、それでも、親は、親の愛情は広大無辺などといっていられるか、甚《はなは》だ疑わしいものだと思う。

第一、それでは、はるみの正義感が承知出来なかった。

親子であろうと、人間対人間に違いない。

義に対しては義をもって報い、情に対しては情をもってお返しをするのが、人間の礼儀ではないのか。

その時、卓上電話が鳴って、ティールームのレジの子が、店の多忙を知らせて来た。

「ぼつぼつ、混む時間ね」

時計をみて、けいが立ち上る。

午後二時であった。はるみには、それも合点が行かない。大体、洗濯などというのは、午前中に片づけるものではなかったのか。朝のさわやかな光の中に、洗濯物が翩翻《へんぽん》とひるがえっているのは、実にいい気持のものである。

「あんたは古いのよ」

けいは一緒に部屋を出た妹をたしなめた。

「東京の安マンション暮しで、翩翻と洗濯物がひるがえるような、広い干場があると思っているの」

この界隈の主婦達は、午後の徒然《つれづれ》の時間を洗濯にあてる。

コインランドリイで洗濯物が出来上る間、ティールームでお茶を飲みながら、集った同士が世間話に興ずるのが、一つのたのしみになっているらしい。

「一つの社交よ。一日中、狭い部屋に閉じこもっていればくさくさするし、外へ出かければ、よけいなお金を使うし、いうなれば主婦の智恵ね」

けいはティールームのカウンターの中へ入った。

一人きりの女の子がてんやわんやしている。

「あんたはランドリイのほうを手伝ってよ」

女の子を追い払って、はるみに洗い場を片づけろと命じた。

汚れたコーヒー茶碗や、ケーキ皿が少々、積み重なっている。

はるみがそれらを手ぎわよく洗っている間に、けいは客の注文に応じて、アップルサイダーだの、紅茶だの、コーヒーだのを、次々とこなしていた。

三十分足らずで、ティールームは落ついた。

「皆さん、洗濯機を持っていらっしゃらないの」

カウンターの中で、はるみは低声《こごえ》で姉に訊ねた。

嫁入り仕度の三種の神器が、テレビに冷蔵庫に洗濯機というのは、家庭電気製品のコマーシャルだが、それにしても、一軒に一台の洗濯機が定着していると、はるみは思い込んでいた。

「むかしは、持っていたって方が大半よ。ただね、洗濯機ってのは、案外、置き場所に困るのよね。お風呂場は狭くなるし、ベランダじゃ使いにくい。なにしろ、家が狭いってのがマンション暮しの人達の泣きどころだもの」

一度、今までおいてあった洗濯機をその場所からどけてみたら、こたえられないと姉は得意そうにいった。

「近くにコインランドリイがあれば、どうしても、家になけりゃならないって必需品じゃないわけよ」

そんな話をしながら、けいは洗濯場を廻って、停っている洗濯機から洗濯物をとり出して、次々と乾燥機へかけて行く。

アイロンの必要なものは、奥にアイロンルームがあって、自分でもかけられるし、プレス専門の職人が一人、ワイシャツなどのプレスの注文に応じていた。

つくづく姉は商売上手だと思いながら、はるみはカウンターの中の小さな椅子にお尻をのせて、ぼんやりティールームの客を眺めていた。

おだやかな春の昼下りなのである。

突風が巻き起ったのは、一人の女性客がランドリイへ入って来てからである。常連らしく、けいいに挨拶して、あずけてある洗剤を受け取りながらいう声が、カウンターのはるみにも聞えた。

「お宅の息子さん、随分、すすんでいらっしゃるのね。お料理学校へ行っていらっしゃるなんて……」

「あら、咲子はまだお料理は習って居りませんよ。なにしろ大学に入ったばかりで……」

「咲子さんじゃないのよ、要介さん」

「いいえ、要介は電鉄会社へつとめて居りますから……広報の仕事をして居りますの」

「あら、じゃあ、どうして昼間から料理学校へ来ていらっしゃるのかしら」

「なにかのお間違いじゃございません」

「いいえ、毎日お逢いしますのよ」

「どこの料理学校ですか」

「渋谷の……」

ティールームの中がしんとしていた。全員が聞き耳を立てている。

はるみは心臓がどきどきしていた。

姉の顔色が、はっきり変っているのがみえる。

「日曜日なんか、たまに趣味でお料理をなさるって男の方が、講習を受けに来ていらっしゃるけど、要介さんのは専門コースのほうなんですよ。フランス料理で、もうかなり通っていらっしゃるみたい……フライパンを持つ手つきなんて、一流のコックさんよ」

けいがよろめいて、洗濯機にぶつかった。

息子の造反

その日、はるみは夕方になるまで、姉の部屋に居すわることになった。

もっとも、急いで帰って食事の仕度をする必要はなかった。成一は連日、送別会だの、なんだので帰りが遅い。

姉には二人の子供があった。

長男の要介に、長女の咲子である。

けいの夫が急死したのは、今から十五年前のことだから、その時、要介は小学校の六年、咲子はまだ幼稚園だった。

少々の遺産だの、会社の弔慰金だの、生命保険だのがあったものの、幼い子供二人を抱えて、けいが奮闘したのは、誰よりもはるみが知っている。

この青山のマンションにしたところで、それまで自分の家だったのを、思い切ってぶちこわして、銀行に借金をして建てた。

なにしろ、けいだの、はるみだのの世代は、銀行に借金をするなどとは、とんでもないことだと思い込んで育った年齢だから、それだけでも大英断であった。

だが、けいは妹夫婦をはらはらさせながら、猪突猛進して、今日までの生活を築いた。

幸い、子供の出来がいいというのも、けいの支えだった。

要介は小学校から公立で、別に塾へも通わず、家庭教師も頼まなかったのに、一流中学、一流高校とストレートに進学して東大の経済学部を卒業し、私鉄だが一流の電鉄会社へ就職した。

妹の咲子のほうは、要介に輪をかけた秀才で、これは今、東大の法学部に在学中である。

「三十代に未亡人になって、苦労の連続だったけど、おかげで、今は幸せよ」

というのが、けいの口癖だったのだが、その自慢の長男が、こともあろうに会社をさぼって、料理学校へ通っているときいては、居ても立ってもいられない。

「なにかの間違いじゃないの」

のんびり屋のはるみは、まず姉をなだめた。

「たとえば、要介君の会社で、料理学校を取材することなんかがあって行ったとか、さもなけりゃ、お友達と面白半分、冷やかしに出かけたとか……」

けいは、歯牙にもかけなかった。

「あんた、少し頭を冷やして考えてごらん、要介がつとめているのは、電鉄会社なのよ、婦人雑誌の編集してるわけじゃないんだから、料理学校の取材に行く筈ないじゃないの」

「だって……」

「だっても、へちまもありません。大体、一流の会社につとめている者が、昼間っから料理学校へ冷やかしに行けますか。要介の会社は新宿にあるのよ」

「そりゃそうだけど……」

「よけいなことはいわないでちょうだい。こういうことは、当人に訊くのが一番だから」

その要介は、夕方の六時に伝書鳩みたいな顔をして悠々と帰って来た。

「要介、ここへすわってちょうだい」

妹に口出しするなと念を押してから、けいは重々しく息子に自分の前の椅子を指した。

息子はまず台所へ行って水を一杯飲み、はるみに挨拶をした。

「いらっしゃい、叔父さんいよいよ退職ですって……」

中肉中背だが、なかなかハンサムな甥であった。もっとも、歿《なくな》った義兄も相当の男前だったし、今はみるかげもないが、母親のけいも昔は、けっこう男の子にちやほやされていたから、どっちに似てもそう器量が悪くなる筈はないと、はるみは眺めている。

「よけいなことはいいから、そこへすわってよ」

けいが太く、しゃがれた声でいい、息子は素直にテーブルについた。

「あんた、今まで、どこへ行ってたの」

昼をなめて、けいが切り出し、はるみも少々、緊張した。

「渋谷の料理学校へ行ってたんだけど……」

要介の返事は女二人を拍子抜けさせた。

「どうして、そんなところへ……会社はどうしたのよ」

息子は、かすかに苦笑した。

「会社、辞めたんだよ」

「辞めたって……じゃ、あんたも肩叩き……」

思わず叫んだのは、はるみで、甥はそっちへ優しい微笑を向けた。

「よしてよ、叔母さん、僕は自分の意志で辞めたんです」

けいが、息子の前にあるコップの水を飲んだ。

「どうして辞めたの。上役とうまく行かなくなって……」

「そんなんじゃないよ」

「仕事にミスでもあったの」

「冗談じゃない、まだ、そんな重要な仕事は与えられていない」

「じゃあ、どうして……」

「考えるところがあって……」

「なにを考えたの」

はるみと息子の問答を、けいは息を呑んでみつめている。

「要するに、一国一城の主《あるじ》になりたいと思ったんだよ」

「一国一城……」

「自分の人生をもう少し、自由に生きたい」

「叔母さんに、わかるように話してよ」

「つまり、いずれは自分の店を持ちたいと思って……」

「店……」

「英国風にいうならパブ、フランス風だとビストロ……」

「レストランでもやろうっていうの」

けいが叫んだ。

「レストランとは、感じが違うんだけど、まあ、日本流にひっくるめていうならば、それでもいい……」

這々《ほうほう》の体《てい》で、はるみが広尾のマンションへ帰って来たのは、十時近かった。

ひどく空腹である。

姉の家では、食事の出来る状態ではなかった。

帰るに帰れないでいたのを助けてくれたのは、アルバイトの家庭教師の仕事を終えて戻って来た咲子であった。

「御迷惑をかけてすみませんでした。母と兄のことは、あたしがちゃんと相談させますので、もうお帰りになって下さい」

まだ大学生のくせに、ひどく大人びた口調でものをいうのは、多分、高校一年の時から家庭教師をアルバイトにしていて、始終、他人の家庭に出入りしたのと、教える子供や、その父兄に対して、少からず背のびをせざるを得なかったという、彼女の今までの経歴の所為《せい》でもあろうけれど、とにかく頭の良さは抜群で、小学校の時から母親の自慢の種の娘なのである。

ジャーの中には、今朝炊いた御飯が、ちょうど二人前ほど残っていた。

お湯を熱く沸かしておいて、大きめの茶碗に、軽くよそった御飯の上から、昆布のつくだ煮をぱらぱらとかけておいて、お茶漬をする。

はるみは、割合、まめな性分なので、こんな時のために、じっくり煮込んでおいた牛肉や、こんにゃくの胡麻油いためとか、きんぴらごぼうとか、何品かの気のきいた箸やすめを前にして、お茶漬を半分ほど、かき込んだ時に、夫の成一が帰って来た。

退職願いを出してから、これまでつき合いのあった、さまざまの業者やら、同僚やら

が何回にも分れて送別会をしてくれている。今夜もその一つで、勿論、食事はとっくに終っている筈なのに

「旨そうだな、俺も一杯、もらおうか」

はるみの前へすわり込んで、軽く一膳のお茶漬を食べはじめた。

「久しぶりに、姉さんのところへ行って来たんですけどね、まあ、てんやわんやで……」

姉の息子の造反を、はるみが話すと、成一はそれほど驚いたふうもなかった。

「近頃の若い連中には、珍らしくないよ」

「そうですか、でも、折角、入った会社を棒にふって……」

「俺達の時は、一度、入社したからには、その会社に骨を埋める気になっていたものだが、今の連中は、全くそんなつもりはないんだ」

少しでも不快なことがあれば、あっさり辞めてしまうし、他に今よりも待遇のいい勤め先がみつかれば、たいして考えもしないで移って行く。

「会社に対して忠誠心はおろか、迷惑をかけることも、なんとも思っていない、徹底した自己中心主義なんだな」

「そんなことでいいんでしょうかね」

夫婦茶碗に、はるみは番茶を注いだ。

「しかしまあ、若い連中のそうした考えは賢明かも知れないよ」

疲労が成一の顔に出ていた。連日連夜の送別会に加えて、いざ、退職となると律義な性分だから、やりかけの仕事を中途で人まかせに出来ないらしい。

「俺なんぞ、半生を、とにかく役所で過して来た。仕事大事、上役大事で滅私奉公とまではいわないが、家庭よりは仕事が優先だったのは事実だよ、そんなにして働いて来ても、辞めるとなれば、冷たいものだ」

はるみは、夫が急に老けたと思った。

退職がきまって、心の張りが崩れてしまったのか。

「でも、随分、ひき止められたそうじゃありませんか」

はるみのところにまで電話をかけて来て
「ご主人を慰留して下さいよ」

といった業者もあった。

「口先だけだよ、腹の中は別なんだ」

一人出て行けば、それだけ残る者の立場がよくなる。

「そんなものですかね」

はるみは心細くなった。今まで、役所という大船に乗り、役人の肩書を帆柱にして航海して来たのが、急に個人の力で、船出をしなければならなくなった。

早い話が、夫の名刺から肩書が消えてしまうと、残されたのは平凡な一人の老人ということになってしまう。

成一が、鞄《かばん》をひきよせた。

黒皮の鞄は、もう何十年も使い古した国産品であった。彼の役人生活の大半は、この鞄が知っている。

何冊かの本を、成一は妻の方にさし出した。

一冊はペンションの特集であった。

さまざまのペンションがグラビアで紹介されていた。

「本当に、ペンション、はじめるんですか」

奥浜名にある土地を利用して、気のきいたペンションを経営するというのが、成一の老後の計画であったが、はるみにはもう一つ実感になっていない。

本心をいえば、東京を離れることが、はるみは嫌であった。

子供の時から、東京で育って、地方の生活を知らない。

たった一人の姉も、東京なら、友人知人の大方が東京在住であった。

見知らぬ土地での新しい生活には少からず抵抗がある。

「浜松の成二に相談してみようと思っているんだ、どっちみち、法事の相談もあるから、近い中に行って来る」

成一の弟であった。

浜松郊外で、鼈《スッポン》の養殖を生業としている。

十二時すぎて、布団に入ったのに、はるみは寝つかれなかった。

夫の鼾《いびき》が、いつもより、はるみの耳について、うるさくてたまらない。

漸く、夜明け近くなって、うとうとしたと思ったら、夫の声で起された。

「どうも、胸が苦しいんだ。胸の上に重石を乗せられたような感じがする」

寝入りばなを叩き起されて、はるみは億劫《おっくう》であった。

「飲みすぎじゃありませんか」

「そうかも知れないが、タオルを取ってくれないか」

汗をかいたといわれて、不承不承、はるみはスタンドの電気をつけた。

成一は、顔に汗を吹き出して、眉をしかめていた。

顔が土気色になっている。

流石に、慌てて、はるみは起きた。タオルをとって来て、夫の顔を拭く。

「お医者を呼びましょうか」

そういったものの、かかりつけの医者はなかった。

はるみは結婚以来、病気らしい病気をしたことがないし、夫は、役所の医務室で大方、すんでしまっている。

駅のむこうに内科の比較的、大きな病院があるのは知っていたが、まだ一度もその玄関をくぐったことがない。

時計をみると、午前四時を三分ほどすぎていた。

こんな時間に、電話しても、かかりつけでもない医者がおいそれと来てくれるかどうか。

それに、はるみは医院の電話番号も知らなかった。

「鞄の中に、薬の袋がある……」

役所の医務室でもらったものらしかった。

白い袋に、青い文字が印刷されている。

袋の表に一日一錠と書いてあって、なかみはピンクの錠剤であった。

「なんのお薬ですか」

水を持って来て訊いたが、成一は無言で薬を含み、水を飲んだ。

なす術もなく、はるみはウールの羽織を半纏《はんてん》がわりに、夫の枕許にすわり込んでいた。

もう一時間もすれば、医者にかけ込んでも、なんとかしてもらえるのではないかと思う。

が、薬を飲んで三十分もしない中に、夫の顔から苦痛が去った。

顔色は、まだよいとはいえないが、呼吸はゆったりしている。

「もう、大丈夫だ」

太い息をついて、成一は眠り出したが、はるみは完全に寝そびれた。午前七時になって、夫はいつものように起き、いつものように朝食をすませて、出勤して行った。

「お医者に診てもらって下さいよ」

という妻に、軽くうなずいただけである。

次の日曜に、成一は浜松へ出かけて行った。

親の法事の相談を、弟の成二とするのが主な目的だが、ついでにペンションの経営に

ついても、商売人である弟の智恵を借りたいという。

「帰りに寄れたら、静岡へも寄ってくるよ」

出がけに、成一はさりげなくいったが、はるみには、それも今日の予定の一つだと気

がついていた。

静岡の息子に、三千万円の金を出してやる約束をしている夫である。

それは、夫の退職金の中から工面される筈であった。

いうならば、息子が家を新築するための金を都合することで、夫は退職の決心をした。

それが、どうも、はるみはしっくりしない。

もっとも、それを口にすれば、すぐ生さぬ仲だからと、夫にいやな顔をされるのが、

わかっている。

三千万円といえば、退職金の大半だろうし、残った金はペンションを建てるどころか、下手をすれば、なしくずしになくなってしまいそうであった。

姉のけいがやって来たのは、午後になってからで、はるみは浮かない顔で洗濯物にアイロンをかけていた。

「成一さんは……」

気がねそうに、おそるおそる玄関を入って来たけいは、妹一人と知ると俄然、無遠慮になって、ずかずか上り込んで来た。

「家にいても、くさくさするから出て来ちゃったのよ」

洗濯屋は本日休業で

「働くのも馬鹿らしくなっちゃった」

要介は今日も料理学校へ通って行ったという。

「コックになる決心を変えないの」

「変えたって仕様がないじゃないの。もう会社を辞めちゃったんだもの」

「咲子ちゃん、なんていってるの」

「兄さんの好きなようにしてやるしかないでしょうって……」

はるみはうなずいた。

要介にしたところで、もう二十七歳にもなった、いい青年である。一人前の社会人が、自分で志を立てて、人生の進路を変えてしまったのを、今更親が泣きわめいたところで、どうなるとも思えない。

「せめて、会社を辞める前に、相談してくれたらよかったと思うのよ。親の苦労も知らないで……」

「要ちゃんも、もう子供じゃないんだから」

なだめるようにいったのが、火に油を注ぐ結果になって

「あんたは子供がないから、わからないのよ。親が折角決めた縁談は蹴っとばす、会社は辞めちまうじゃ、立つ瀬がないじゃないのよ」

はるみは、あっけにとられた。

「姉さん、要ちゃんのお嫁さん、決めたの」

けいいは未亡人にしては、もったいないくらい豊かな胸のあたりの、更にたっぷりギャザーをとってあるブラウスを、両手でつまんで、ばさばさゆすぶった。

暑い時に、よくやる、けいいの癖だ。

「あたしが決めるわけないでしょう。要介の嫁だもの」

「お見合でもしたの」

「要介が結婚したいって連れてきたのよ」

「いつ……」

「今年のお正月……」

「知らなかったわ」

「正直いうと、向うさんが少し迷ってるみたいだったから、あんたには話さなかったの」

「娘さんが、迷ってたの」

「いい家の娘さんなのよ、お父さんが、要介の働いてた電鉄会社の傍系会社の重役さんでね」

一人娘だから、親も手放したがらないし、当人もまだ結婚するのは早いと思っていたのだと、けいは説明した。

「要ちゃんが、強引にくどいたわけね」

「あの子、なんでも、かぁっとする性質だから……」

けいは口をにごして、はっきりいわなかったが、先方は要介の立場が長男で、しかも母親一人、その上、たいして資産家というのでもないというのが、もう一つ、乗り気にならない理由らしかった。

「あたし、要介がかわいそうだったから、先方さんへ話しに行ったのよ。あたしは老後を要介の厄介になるつもりもないし、結婚したら勿論、別居の予定なんだから、なんなら養子にもらったと思って、二人を結婚させて頂けないかって……」

「そんなことまで、いったの」

親馬鹿も、ここまでくれば哀れだと、はるみは姉のために涙が出そうであった。

勝気で人様に頭を下げるのが大嫌いな姉が、息子を養子にやっても良いと考えるのはよくよくであった。

「子供なんて持つもんじゃないわね」

苦労して育てて、老後の厄介にはなりませんとやせがまんをしなければならない。

「あんたは、子供を持ったことがないからわからないのよ」

切り札の言葉をくりかえして、けいは、やっぱり涙ぐんでいる。

「それで、まとまったの」

「まとまりかけていたんですよ。それを、要介ったら……」

会社をやめてしまって、結婚はどうなるのかと訊いた母親に、実に、さばさばといったらしい。

「結婚もやめましたよ。彼女には、僕から事情を話してことわりましたから、御心配なく……」

そんなのってある、と、けいは泣き声になった。

午後の大半の時間を、泣いたり、怒ったりする姉の相手をして過し、夕方になってから台所へ立った。

この近所の商店は大方、日曜は休業なので、はるみは前日に食事の材料を買いそろえておいた。

「成一さん、何時頃、帰ってくるの」

涙の乾いた顔で、ぼんやりリビングにすわり込んだまま、けいが、いくらか気にして訊いた。

「遅くなると思うのよ。どうせ、夕食はすましてくるだろうけど……」

「あたしの御飯あるかしら」

「いいわよ、食べていらっしゃい」

心がけのいい、はるみのことでいつも材料は少々、余分に用意してある。成一の分を、別にとっておいても、姉の一食ぐらい充分であった。

「姉さんのほうは大丈夫なの。要介さんや咲子ちゃんの食事はどうするのよ」

「知ったこっちゃないわよ」

どっちみち、咲子は日曜も家庭教師で、それも二軒をかけ持ちしているという。

「お夕食は、先方さんで出して下さるの」

そんなことをいったくせに、けいはやがて立ち上って、我が家へ電話をかけていた。

ふうん、ふうんと何度か気のない返事をしてから、受話器を持ったまま、台所の妹に

「ねえ、要介がお料理作ったんだって、あんたにも試食をしてもらいたいから、一緒に来てくれっていってるのよ」

「折角だけど、あたしは駄目よ」

何時に成一が帰ってくるかわからない。

「もしもし」

と、けいは不機嫌な調子で、電話へいった。

「叔母さんは行きませんって……」

それに対して、息子がなんといったのか、台所で煮物をはじめたはるみには聞える筈もなかったが、けいはがちゃりと受話器をおいて

「帰って来いっていうから、帰るわ。どうせ料理学校で習った料理なんて、ろくなものじゃないだろうけど……」

口とは裏腹に案外、いそいそと帰り仕度をはじめた。

「要介さんだって、考えたあげくに決心したんだろうから、姉さん、もう、あんまり叱《こ》言《ごと》をいいなさんな」

送り出しながら、はるみがいうと、けいは小半日、愚痴をこぼして、やや気がすんだのか、案外、素直にうなずいて、ドアの外へ出る。

いつもの習慣で、はるみがテラスへ出て下をのぞくと、けいもマンションの玄関を出

たところで、上を向いて、手を上げた。

五十歳をすぎた女にしては、姿勢のいい歩き方で、むしろ颯爽《さっそう》とバス通りのほうへ行く。

みえなくなるまでテラスに立っていて、はるみは台所へ戻った。

浜松から電話があったのが、六時半頃であった。

「お義姉さんですか、御無沙汰しています」

成一の弟の成二で、

「兄さん、六時ちょっと前のこだまで帰られました。食事はすんでいますから、義姉さん、待たんとあがって下さいよ」

浜松生まれの浜松育ちなのに、京訛りがあるのは、若い時代に京都のスッポン料理の有名店へ板前見習に奉公していた時の癖と、その頃、恋愛して結婚した成二の妻が、京都の女で、家庭ではもっぱら京都弁を使っているせいらしい。

「すみません、御厄介になって……」

恐縮したはるみに

「兄さん、ちょっと体の調子が悪いいうので、スッポンスープを少し、持って行ってもらいました。調子がいいようなら、又、あとから送りますよって、義姉さんも飲んでみて下さい」

やさしい心づかいをみせて、電話を切った。

成一よりも十四歳も年下の弟だが、実によく気がついて、誠実な男であった。

どちらかといえば、成一が大柄で骨太な体格なのに対して、小柄で華奢な感じがする。が、性格はむしろ兄よりも大胆で積極性があった。

京都で一人前の板前になり、店でも可愛がられていたのに、或る時期まで奉公すると、すっぱり辞めて、前からの計画通り、浜松へ戻って、スッポンの養殖業をはじめた。

最初の中は、随分、苦労もあったらしいが、ねばり強く、がんばって、今では、かつて自分が奉公していた京都の店へスッポンをおさめられるまでになった。

京都のその店は、スッポン料理としては一流中の一流だから、そこへ品物をおさめられるというのは、大変な信用である。

大学を出て、役人生活をほぼ順風満帆ですごして来た成一と違って、高校を出たとたんに実社会にとび出しただけあって、はるみがみたところ、成二のほうがずっと苦労人だし、土性骨のようなものがある。

兄の後妻である、はるみに対しても最初から打ちとけて、義姉さん、義姉さんとなにかにつけて、はるみを立ててもくれた。

今夜の電話にしても、はるみが食事をしないで、成一を待っているのではないかと、心配しての電話であった。

成二に感謝して、はるみは一人で夕食をすませた。

六時ちょっと前の新幹線なら、東京へ着くのが八時前後になる。

帰宅するのは、九時頃かと、はるみは胸算用した。

静岡の息子の家へ寄れたら寄るといって出たが、浜松でけっこう時間がすぎたものらしい。

が、十一時になっても、成一は帰らなかった。

気がついて、はるみは本棚から時刻表をとり出してみた。

いくらか古い時刻表だが、新幹線のダイヤが、そう大幅に変ったとも思えない。

浜松を五時四十八分という列車があった。東京着が七時五十二分である。

それが、今になっても帰宅しないのは、やはり静岡で途中下車したものか。

静岡の家へ電話をしてみようかと思いながら、はるみは更に十二時すぎまで待った。

夫の帰りが少し遅いからといって、静岡の息子の家まで電話して来たと思われたくなかった。

静岡を東京行の最終こだま号が出るのは、十時六分である。東京着が十一時三十七分であった。

東京駅から、このマンションまで地下鉄でも、タクシーでも三十分が、いいところである。

零時半になって、はるみは、たまりかねて静岡へダイヤルを廻した。

電話口には、かなり待たされて、誠が出た。

「お父さんですか、今日は来ません」

寝入りばなを叩きおこされたのが、目にみえるような、そっけない返事であった。

「浜松を六時に出たって、成二さんが知らせて下さったんですけどねぇ」

「どこかへ寄ったんじゃありませんか」

「もしかしたら、あなたのところへ寄るとおっしゃったので……」

「いいえ、来ていません」

電話は向うからやや乱暴に切れた。

時計を眺めて、暫く、はるみは突っ立っていた。

不安になったのは、先夜、成一が急に苦しみ出したのを思い出したからである。

医者にみてもらうとはいったものの、その後、成一がちゃんとした病院へ行って来たという報告はきいていない。

もっとも、来週はじめで成一は退職になる予定であった。

病院へ行くのは、それから先と考えているのかも知れない。

午前一時になった。

成一は帰らない。はるみは考えて、姉の家へ電話をした。

要介が、すぐ出た。まだ起きていて、本を読んでいたという。

「新幹線に事故があったとは、ニュースでいってなかったけど……とにかく、そっちへ問い合せてみましょう」

列車の中で具合が悪くなって、病院へ運ばれるということもあり得ないわけではないと要介はいう。

「でも、自分の住所ぐらい、いうでしょう」

「なにかで、口がきけないとか……まあ、お待ちなさい」

甥は頼もしげにいって、電話を切った。

はるみの耳に、時計の音が急に大きく聞え出した。

夫の死

要介が、新幹線当局に電話した結果では、たいしたことは得られなかった。

行き倒れや、急病人の報告は入っていないという。

「あんた、心当りはないの」

起き出して来たらしい、けいが電話口に出た。

「誠さんのところには寄ってないのよ」

「そうじゃなくてよ」

「そうじゃない……」

「静岡の息子の家へ泊ったっていって帰ってくることもあるじゃない」

ちょっと考えて、はるみは急激に頭に血が上って来た。

「女と、どこかへ泊ったってこと……」

「まさかと思うけど、途中に熱海だの伊豆山だのあるじゃない」

よしなさい、と要介の声が混って、息子が電話口に出た。

「叔父さんに限って、そんなことはないと思いますよ。とにかく、夜があけるまで待ちましょう」

実際、そうするより仕方がなかった。

すでに、午前三時に近い。

「電話切りますよ、他からかかって来た時、お話中だといけないから……」

この甥も、浜松の義弟同様、よく気のまわるほうであった。

寝室に布団が敷いてあったが、横になる気になれなかった。

お茶を飲もうとすると、ジャーにお湯がなくなっている。

さっきから、無意識の中に、お茶ばかり飲んでいたものに違いない。

湯をわかした。

台所に立っていると、冷えが足許から上ってくるような気がした。

そうやって、考えるともなく考えていると、成一が急病とか、行き倒れになったとかいうイメージとだぶって、女と温泉宿へしけ込んでいる光景なども浮んで来ないわけではない。

夫に女がいるなどとは、今まで考えたこともなかったが、六十に近いとはいっても、役所での地位といい、風采といい、女が出来ても不思議ではないかも知れない。

お茶を一杯飲んで、じっとすわっていたつもりが、気がついてみると、睡り込んでいたらしい。

電話が鳴っているのに、はるみは慌てて立ち上った。

カーテンのむこうが明るくなっている。

「もしもし……お父さんが、僕の家の庭で倒れていたんです。今、病院へ運んだんですが……とにかく、すぐに来て下さい」

誠の声だと、はるみは思った。

庭で倒れていたというのが、解《げ》せない。

「じゃ、昨夜、泊ったの」

「いや、朝起きてみて、わかったんです」

はるみは、自分がなにをしているのか、まるで自覚がなかった。

電話のそばにおいてあるメモ帖に、ほとんど無意識に書いた静岡の病院の名前を、メモ帖ごと、ハンドバッグに入れてから、押入れをあけてボストンバッグを出した。

夫の浴衣とパジャマと、新しい下着を放り込む。

再び、電話が鳴った。

青山の姉の家からで、電話をして来たのは咲子であった。

「お母さんと兄さんが、今、叔母さんのところへ向いました。すぐ着くと思いますので、待っていて下さい」

はい、はいと習慣で返事はしたものの、はるみの頭には、なにも入らない。手さげ金庫を出して、銀行の普通預金の通帖と、先月夫から渡された月給袋の、まだ残っているのを、そそくさと財布に移す。

ガスの元栓をしめたり、テラスや窓の鍵をみて歩いている中に、ブザーが鳴って
「はるみ……いるの、あたしよ」

けいのけたたましい声がした。

「大変なことになっちゃったわね、あんた……」

ドアをあけた、はるみの顔をみるなり、涙声で
「静岡まで、要介が送って行くから、あんた、気をしっかり持って……」

「姉さん、誰から訊いたの」

はるみは、ぼんやりしたままいった。

「うちの人が倒れたの、あたし、姉さんに知らせたっけ……」

「いいえ、浜松の成二さんから電話があったのよ。あんたのところの電話はお話し中だったから、多分、静岡から知らせが入ったんだろうって……」

「成二さんが……」

「すぐ、静岡へ行ってますからって……」

要介が入って来た。

「ガソリン入れて来たよ」

荷物はどれかといわれて、はるみはボストンバッグを渡した。

部屋を見廻して、玄関を出る。

「管理人さんには、あたしが話をしとくから、あんた、早く行きなさい」

マンションの前に、車がとめてあった。

要介が、助手席にボストンバッグを入れている。

「忘れもの、ありませんか」

「車で行くの」

はるみは、驚いた。

「新幹線のほうが早くないかしら」

「同じぐらいで着きますよ。中古だけど、よく走るから……」

要介が後部の座席へ、はるみを乗せた。

「じゃ、母さん、むこうへ着いたら電話をするから……」

母親に手を上げて、要介はエンジンをふかした。

東名高速は、思ったよりすいていた。

要介の運転は慎重だが、スピードはかなり上っている。

「成二さんとこから、なんていって来たの」

少しばかり、落つきをとり戻したはるみが、後から訊いた。

「お袋が出たんですけどね、心臓の発作をおこして、入院したとか……」

静岡からは、なんといって来ましたかと、要介は正面をみたまま、大きな声でいう。

「庭で倒れたって……」

「庭……?」

「誠さんがね」

朝になって発見したといったような気がする、とはるみはいった。

「ということは、夜、倒れたのを朝まで知らなかったというんですか」

バックミラーに写っている要介の顔が、眉の間に皺を寄せている。

「わからないのよ、あたし、かっかしてしまって……」

誠の電話も、要領を得なかった。

「手遅れになっていなけりゃいいですがね」

「静岡へなんか、寄らなけりゃよかったんだわ」

愚痴が出た。

浜松を夕方の列車に乗って、そのまま帰ってくれれば、こんな馬鹿なことにはならなかったと思う。

「浜松を夕方に出たんですよね」

要介が訊く。

「そうよ、六時ちょっと前のこだまに乗って行ったからって、成二さんから知らせがあったでしょう」

それなのに、真夜中になっても帰らないので、昨夜は大さわぎになった。

「浜松が六時ちょっと前なら、静岡まで三十分足らずか……」

誠の家は、今のところ、静岡市内だからどう遅くとも、六時三十分か四十分には、息子の家にたどりついている筈である。

「どういうことなのかな」

要介が、バックミラーをのぞいた。

はるみは靴をぬいで、座席にすわり込んでいる。

「叔母さん、昨夜、静岡に電話したっていったよね」

「そうですよ」

新幹線の最終列車でも帰って来ないから、たまりかねて、誠の家に連絡をした。

「来ていないっていうから……」

それから、けいのところへ知らせて、要介が国鉄まで問い合せをしてくれた。

「どうも、そこのところがわからないな」

「あたしだって、わかりませんよ」

静岡まで、およそ二時間少々で走った。

病院は市内の目抜き通りにあった。

はるみが、玄関を走り込むと、そこに成二が立っていた。

「義姉さん……」

義弟が赤い目をしているのに、はるみは気づかなかった。

「病室はどこなんですか……病室は……」

成二の眼から新しい涙が、こぼれ出した。

「落着いて下さい。義姉さん……兄さんは、病室やおまへん」

「病室じゃないって……」

車を駐車場へ入れた要介がボストンバッグを下げて入って来た。

「いったい、どうなんですか」

泣いている成二の顔で、要介も表情を更にひきしめた。

「あんた、お義姉さん、お着きやしたんなら、早う下へお連れせんと……」

廊下を走って来たのは、成二の妻の良子だった。

典型的な京美人で、すらりと背が高く、プロポーションがいい。

黒いスカートに白いブラウス、それにグレイのカーディガンを羽織っていた。

「主人に会わして下さい。主人はどこにいるんですか」

はるみが逆上した声でいい、要介がそっとはるみの腕を支えた。

「行きましょう、叔母さん……」

四人がひとかたまりになって廊下を行くのを、外来の患者が異様なものをみるように見送っている。

エレベーターに乗った。

地下二階である。

エレベーターのドアがあいた。すぐ正面に白っぽいドアがあって、そこに「霊安所」と文字が入っていた。

廊下に、誠が立っている。

「お母はんが、着かはったえ」

成二が声をかけ、誠は神経質そうに眼鏡へ手をやった。

はるみは、全身が慄え出した。

「ここ、霊安所って……いったい、お父さんは……」

誠がドアをあけた。

祭壇らしいものがあり、その前にベッドが一つ、白い布をかけられて、人間が横たわっている。

はるみの足が止った。

「せめて、病室で対面さしてあげたかったんやけど……病院へ運んだ時、もうあかなんだものやさかい……」

はるみの横で、成二の涙声が、そういった。

「お父さん、昨日の夕方、家へ来たらしいんですよ。僕ら、日曜なので、家族でドライブに行っとって……遅くに帰って来たので……」

ぼそぼそと誠がいった。

「玄関へ倒れとったら、帰って来た時、すぐわかったんですが……庭のテラスやったもので……朝まで、わからんで……」

名状し難い怒りが、はるみの足許から脳天まで突き上げた。

「朝までって……じゃ、主人は朝まで誰にも、看《み》とられもしないで……」

「解剖の結果だと、死亡時間は、昨日の夕方の六時半頃だろうというんです」

「六時半……」

低い、要介の呟きに、成二の嗚咽《おえつ》がまじった。

「堪忍してや、義姉さん、わたしが兄さんを、もうちょっと、ひきとめとったら……」

誠が、はるみには我慢出来ないような冷静さで説明した。

「お父さんは、どうも、新幹線に乗って間もなく、気分が悪くなったんじゃないかと思います」

東京まで乗り続ける自信がなくて、息子の家のある静岡で下車した。

「僕の家の隣りの小母さんが、みているんですよ。父が少し蒼い顔をして、僕の家へ入って行ったのを……」

それが夕方の六時半近くで、隣家の主婦は誠夫婦がドライブに出かけて、家中が留守なのを、うっかりしていた。

「お父さんは、玄関が閉まっとるので、庭へまわって行って、テラスのところで、発作をおこしたんだと思います」

心臓は勝負が早いから、とつけ加えた義理の息子の声を、はるみは、もうきいていなかった。

よろめくようにベッドに近づいて、白布をとる。

蒼白く、こわばった夫の顔は、生きている時とは別人のようであった。

鼻のあたりの肉が急に落ちて、人相が変ってしまっている。

夫に呼びかけようとして、はるみは声が出なかった。涙も出ない。

頭の中に、死体解剖という文字が廻っていた。

手をのばして、白布をめくってみる。

「とりあえず、僕のガウン着せました」

青い息子のガウンを着せられて、成一の死体は、何事もなかったように横たわっている。

慄えのひどい指先で、はるみはガウンをかきわけた。

「義姉さん」

成二が制したが、はるみの手はガウンをめくり、胸から下を白布で巻かれた、夫の体をみていた。

白布の下には解剖のメスのあとがあるのに違いない。

「ちゃんと、縫合してありますから……」

誠がいったとき、はるみの頭から血がひいた。

眼の前が、まっ暗になり、はるみは人形のように、後方へ倒れかかった。

成二と要介が、重い、はるみの体を支え、霊安所の外へ運び出した。

「要らんことするから……」

誠の舌打ちは、気を失ったはるみには勿論、聞えなかった。

父親の遺体をどこに移すかということになって、青山誠は、またしても義理の母親の気持を無視した。

「浜松の菩提寺に連絡をとりましたよ」

霊柩車で、まっすぐお寺へ運んで行くという。

「静岡の家は狭いし、なにかと厄介ですからね」

誠は、なんでもなくいっているのだろうが、はるみにしてみれば、厄介という一言が、どうにも腹にすえかねる。

「東京の家へ運んで下さい。なんてったって我が家なんですから……」

一度は、自分の家の敷居をまたがせたいと思った、はるみの気持を、長男はあっさり無視した。

「そんな手数のかかることはよしましょう。東京まで運んだって、マンションは入口が狭いから棺がうまく入るかどうか、第一、青山家の親類は大方、静岡にいるんです。わざわざ、東京までお通夜に行ってもらうのは迷惑だし、僕も困ります。どっちみち、葬式は浜松の菩提寺ですることになるんですから」

たしかに、理屈はそうでも、肉親の口から面倒だの、迷惑だのという言葉が無造作に使われると、はるみは口惜しくて、眼がくらみそうになる。

そんな兄嫁の様子をみていた成二が

「ほなら、どうやろか。浜松のわたしとこへ行ってもろて、お通夜だけでもすませて、それからお寺さんへ行ったら……」

と申し出たが

「意味ありませんよ」

甥に却下された。

はるみにしても、義弟に迷惑はかけたくなかった。

常識で考えても、東京に家があり、静岡に息子の家もあるのに、弟の家で通夜というのは可笑しい。

霊柩車は、はるみの知らない中に、誠が呼んでいた。

浜名湖に近い、青山家の菩提寺へ向って東名高速道路を行く。

はるみは唇を結び、いくらか眼をつり上げた表情で、棺につき添った。

霊柩車には、もう一人だけ同乗出来るので、誠が乗っていたが、はるみは彼と口もきたくないと思っている。

にもかかわらず、車が走り出して間もなく、誠のほうから

「ねえ、お母さん」

いくらか、遠慮がちに声をかけて来た。

「お父さんの退職ですけどね。退職届はもう受理されているんでしょうね」

誠の真意がわからないまま、はるみは不承不承、うなずいた。

「退職届は出しましたよ」

「事務上の手続きなんか、済んでいるんでしょうね」

「後任の方へ、お仕事の受け渡しなんか、殆んど終ったようなことをいってたけど……」

「そういうことじゃなくて……」

誠は、義母の血のめぐりの悪さを苛立たしそうに眺めた。

「退職金なんか、もう貰ったのかな」

「退職金……」

はるみも、義理の息子に眼を向けた。

「それは、まだ、頂いていないと思いますけどね」

「どうなるのかなあ」

誠は平然と不安を口に出した。

「なんのこと……」

「勧奨退職だと、お父さんの場合、大体、退職金が二倍近くなるんでしょう。退職してから死んだんだと、勧奨退職になるわけだけど、もしも、手続き完了前に死んだことになると、死亡退職扱いにされるんじゃないかな」

はるみは黙って、よく動く長男の口許をみていた。

「つまり、死亡退職だと、退職金が二倍にならないんですよ」

「そんなこと、あたしにはわかりませんよ」

「あてにしているものですからね。お父さんの退職金。なにしろ、新しい家はもう建てはじめているし……」

胸がつぶれる思いというのは、こういうことをいうのかと、はるみは思っていた。父親が歿って、まだ一日がすぎていないというのに、息子の関心は父親の退職金が二倍になる恩典を受けられるか、受けられないかに向けられている。

「誠さん……」

抑えても抑え切れないものを、はるみは遂に言葉にした。

「あなた、情ない人ね。お父さんは、あなたの家の庭で歿ったのよ、誰にも看とられず、一人ぼっちで……あんた達が留守じゃなかったら……せめて、もっと早くに帰って来ていたら、こんなことにはならなかったかも知れないのに……」

「それは、愚痴ですよ」

誠は、義母に苦笑してみせた。

「僕らだって、なにもお父さんが来るとわかっていれば、出かけやしません。何事もめぐり合せなんですから……」

「そりゃそうでしょうけどね、少しはそんなこと考えてくれたってよさそうなものなのに……」

いってみても仕方のないことであっても、せめて、あの時、もう少し早く帰って来ていたら……夜の中に庭で倒れている父親を発見していたらと、そんな繰りごとをいわずにはいられないのが、肉親というものではないかと、はるみは思う。

医者でありながら、父親の死にも立ち会えなかった親不孝を悔むどころか、退職金のことしか念頭に浮ばない息子を、はるみは情ないよりも、口惜しくてならない。

こんな息子のために、父親は多額の養育費と教育費を稼ぎ出すべく働き続けたのかと思うと、夫が哀れであった。

親が我が子に注いだ愛情に対して、息子はその万分の一のお返しもしていない。

「お父さんは、かわいそうね、あなたにするだけのことはして、そのあげくにこんな死に方をするなんて……」

息子は義母の非難に、心外だという顔をした。

「仕方がないじゃないですか、僕は家にいなかったんだから……」

それに、と、他人行儀な切り口上になった。

「お父さんが生前、僕らにしてくれたことを、あなたから、とやかくいわれるおぼえはありませんよ」

はるみは、かっとなり、涙をこぼした。

「そうでしょうとも……あたしは、なにもいいませんよ」

血の続きはないにしろ、誠が十八歳の時から母親になったわけである。

彼の身の廻りの世話は勿論、高校生だった彼のために、毎日の弁当作りから、受験勉強の夜食まで、生みの母親以上の気を使った、はるみであった。

それでも、大学受験に一度、失敗した誠のことを、世間は
「父親が再婚したショックのせい」
と噂したものである。そして、実際、誠も平然と、そういって歩いた。
そういう男だったのだと、はるみは改めて義理の息子をみつめた。
十八、九歳にして、すでに自分の学力のなさを、父親の再婚のせいにして、平気でいたような人間である。
よくも、こんな男が医者になったものだと、はるみは感情的になって、今まで泣かなかった涙を一ぺんにふりこぼし、ハンカチをぐしょぐしょにして、浜名湖に近い寺に到着した。

寺では、万端、ととのえて仏の到着を待っていた。

専門の葬儀屋も来ていて、住職が誠と相談しながら、どんどん仕度をして行く。

棺は、本堂に安置され、遺族は方丈へ案内された。

祭壇の準備が出来るまで、こっちで待つようにという。

そんな中に、もう知らせを受けてかけつけて来た青山家の親類、知人が誠に挨拶し、成二と通夜の打ち合せをはじめる。

「伯母さん、こんなものですけど、一口、召し上って下さい」

いつの間に来たのか、若い娘が、はるみの前へ来てすわった。

「花緒です……」

そういわれて、はるみはまじまじと相手をみた。

この前、彼女をみた時は、たしか高校生であった。

五年ぶりである。

「花緒さん、いくつになったの」

こんな時なのに、はるみは相手の年齢をきいていた。

「二十三です」

両手を前へ突いて、深く頭を下げた。

「この度は、伯父さんがとんだことで……」

娘の眼が濡れていた。

「あたしが、車で伯父さんを浜松駅まで送ったんです」

「花緒さんが……」

方丈には誰もいなかった。

誠は本堂だし、成二は親類と廊下に出て話をしている。

「伯父さん、切符を買うとき、迷っていらっしゃいました。まっすぐ東京へ帰ろうか、静岡の誠さんのところへ寄ろうかって……」

やっぱり、そうだったのかとはるみは思った。浜松への出がけに、寄れたら帰りに息子のところへ寄ってくるといっていた夫なのである。

夫の性格を、はるみは知っていた。

一度決めたら、少々、無理でもやりとげてしまう。

「切符は一応、東京まで買ったんです」

こだまの自由席であった。途中下車が出来る。

「あたし、入場券を買って、ホームまで行きました。伯父さんが少し、疲れてるような気がして……」

大丈夫だよ、と成一は、若い娘の心配に笑ったという。

「それが、お別れでした……」

指先で眼頭をおさえた。

「あの時、あたしが、もう少し注意深かったら……」

はるみは、頭を下げた。

やっと、はるみと同じ感情を持った相手におくやみをいってもらったような気がした。

「ありがとう、花緒さん、いい話をきかせて下さって……」

旅先で夫に死なれた妻の悲しさは、おくやみに来た客に、こうこうでしたと夫の最期を告げることが出来ないことである。

まるで、お客のような顔をして、方丈のすみに座っていなければならない虚しさは、当人にとって耐え難いものであった。

「あの、母はあとから参りますけれど、これ、お弁当です。きっと、なにも召し上ってないと思って……」

小さな重箱が五つほど、風呂敷に包んであった。

「あたしが作ったので、おいしくもないでしょうけれど……」

そこへ、電話をかけに行っていた要介が戻って来た。

花緒をみて、これも驚いた表情である。

二人分の弁当をそこへおき、花緒が本堂のほうへ行くと、要介が小さい声ではるみにいった。

「花緒さん、随分、きれいになったね」

子供の時は、もっとしょぼくれた、つまらない子だったのに、と要介は、その頃、自分がニキビ面の野暮ったい学生だったのを棚に上げていった。

「娘さんって、年頃になるとどんどん、きれいになってしまうから……」

たしかに、はるみの印象でも、地味で目立たない子だった。

成二夫婦の長女ということになっているが、本当は養女であった。

結婚して、かなり経っても子供が出来ないので、たまたま、良子の遠縁で、離婚がまとまったものの、どちらも再婚相手がきまっていて、一人娘をひきとりたくないという事情をきき、良子が成二と相談して、その女の子を養女にもらった。

それが、花緒である。

皮肉なもので、花緒が養女に来て間もなく、良子は妊娠し、翌年、男児を出産したが、花緒はそのまま、成二夫婦の長女として今日に及んでいる。

そういった出生の所為もあるのか、どこか寂しげで心細いようなところのある子だったのが、花が時を得て蕾をひらくように、いきいきと、いい娘になっていたのが、要介には印象的だったらしい。

夕方には、東京から喪服を持って、けいがやって来た。

「奥浜名のホテルに部屋とっといたわよ。誠さんとこに厄介になるの、いやだから……」

そんなところは、実によく気の廻る女で、はるみの喪服も、和服と洋服と両方をスーツケースに入れて来ている。

「雨でも降ったら、和服じゃ動きがとれないものね」

その夜が、お寺で通夜であった。

さんざん考えて、はるみは夫の勤め先には知らせないことにした。

もう退職したのだし、浜松まで足を運んでもらうのは恐縮だと考えたものであった。

が、翌日の葬儀には、東京から五人ほど弔問客が来た。

成一が、もっとも親しくしていた柳川真一郎や、部下の青年達であった。

「昨日、息子さんからお電話を頂戴しましてね」

びっくりしているはるみに、柳川は沈痛な表情で頭を下げた。

「こんなことになるとは……信じられない気がしますよ」

その日の中に、青山成一は骨壺一杯の白骨になった。

奥浜名は、夜になってから雨になった。

「あんたも、とうとう未亡人になったのね」

ホテルの窓から湖をみていた、けいがいい、それは、ゆっくり、はるみの実感になった。

独り

夫の葬式をすませて、東京のマンションに帰って来た時の気持を、はるみは生涯、忘れないだろうと思った。

浜松を発つ時も雨だったが、東京もどしゃ降りの荒れ模様であった。

マンションの部屋は、慌しく出て行った時のままであった。

はるみが、ぼんやりしている中に、けいが一人で動き廻って、カーテンを開け、リビングのすみの、かつて成一が仕事机にしていたテーブルの上を片づけて、そこへ浜松から持って来た骨箱を安置した。

「ちょっと、この家、仏壇ないの」

けいにいわれて、はるみは力のない声で

「そんなもの、ないわよ」

と応じた。

「そんなものって、それじゃ、御先祖様の位牌なんか、どうしてるの」

「うちの両親のお位牌なら、姉さんのとこにあるじゃない」

「うちのじゃないわよ、青山家のよ」

「知らないわ」

お寺にあずけてあるのか、成二の家の仏壇にあるのか
「長男のくせに、先祖のお祭もしないの」

「法事は、お寺へ行ってやってたみたいよ」

「あんたも亦、のんきな嫁だこと」

早速、仏壇を買わなけりゃいけないわね、といいながら、けいは自分の家へ電話をかけた。

線香立てだの、こまごましたものを持ってくるようにと、娘の咲子にいいつけている。

そこへ、花を買いに行った要介が戻って来た。

白い菊ばかりを三十本も買って来て
「そんな大きな花瓶なんぞ、ありゃしないわよ」

けいが叱言をいいながら、二つに分けて壺に挿し、骨箱の左右に供えた。

黒い服を着たまま、はるみはなにもしないで、リビングの椅子にすわっている。

姉も、そんなはるみをとがめなかった。

台所へ入って、ごとごとやっていたかと思うと、玉露を入れて来て、骨箱の前へ供え、別の茶碗を、はるみの前へおいた。

「なんだか、まだ夢みたいね」

けいはいったが、はるみの実感は、まるで違っていた。

夫が死んでから、もう長い歳月が経ってしまったような心境である。

それほど、浜松での一日一日が長かったような気がする。

夫が

「行ってくる」

といい、この部屋を出て行ったのが、一年も三年も、五年も前だったように思われてならないのであった。

花の香が部屋に、こもり、はるみは玉露を口に含んだ。やっと帰って来たと思う。

遺骨を東京へ持って帰ると主張したのは、はるみであった。

息子の誠は、初七日まで寺にあずけておいて、初七日の法事と共に、納骨するといった。

「それだけは、勘弁してちょうだい」

涙声になって、はるみは反論した。

「お通夜もお葬式も、誠さんのいうとおりにして来たんですから、せめてお骨だけは一ぺん、東京へ帰らして下さいな」

成二も、はるみの味方になってくれた。

「そら、義姉さんのいう通りや。兄さんかて、一度は、長年住みなれた家へ帰りたいやろし、東京のマンションへおまいりに来てくれはる方もあるやろう」

そんな時、お位牌だけでは寂しいし
「兄さんかて、お別れいいたいお友達もありまっしゃろ」

誠は、別に反対もしなかった。

「僕はかまいませんよ、お母さんが、それでよければ……」

初七日には、また遺骨を浜松へ持って来て下さいとだけいった。

「子供の時から、頭のいい人だっていうけれど、随分、冷たい男だと思ったわ」

これも、要介に買って来させた水羊羹を菓子皿にのせて、仏様へ一つ、自分達の分もとり分けて、まず最初に口へほうり込みながら、けいが、もう何度も繰り返した誠への悪口を、またいい出した。

「がめついっていうか、計算高いっていうのか、お香奠《こうでん》だって、みんな、さっさと持って行っちゃって……」

「いいのよ、お香奠なんて、もらおうと思ってないわ」

「そりゃそうだけど、一応、あんたに挨拶するべきじゃないの」

「そんなもの、もらって来たら、叔母さんが苦労するだけだよ」

玉露の二杯目を飲んでいた要介が笑った。

「香奠返しだの、なんだの、地方は慣例がうるさいから、厄介なだけじゃないか」

「わかってますよ」

けいは息子を睨みつけた。

「そんなことはわかってますけどね、けじめはけじめよ、一応、はるみに、これはあずかって、あとをちゃんとしますからってことわりぐらいいうべきだっていってるのよ」

「もう、いいわよ、姉さん」

霊柩車で、浜名湖のお寺へ行く途中、夫の退職金のことを訊かれたのを、はるみは思い出した。

あの時のショックにくらべたら、香奠のことなど、なんでもない。

「それより、叔母さん、遺産相続のこと、きちんとしなけりゃいけないよ」

珍らしく、要介が真剣にいい出した。

「遺産なんて、たいしたものないわよ」

「そんなことはないよ。退職金も、浜名湖のそばに不動産もあるそうじゃない」

「そんなこと、誰にきいたの」

けいが、ちょっと驚いて息子に訊いた。

香奠には気が廻っても、遺産相続までは、まだ、ぼんやりしていた。

「悪いけど、誠さんのお嫁さんが、彼女の親と話してるのを聞いちゃったんだ」

おっとりしているようで、抜け目のないところを要介は披露した。

「後妻にも、遺産相続の権利があるのか、なんて馬鹿なこと、いってやがんの」

「ないの、後妻には、相続権……」

けいが目くじらを立てた。

「ありますよ。入籍されてる以上、立派なもんだ」

妻が三分の一、子供が三分の二と、要介は新米の弁護士のような口調でいった。

「多分、初七日に、誠さんのほうから、いろいろ、いい出すと思うよ。そんな話をしていたから……」

「はるみの分まで、むこうさんに取り上げられるなんてことはないでしょうね」

けいが心配そうに息子に訊き
「大丈夫。但し、叔母さんが、むこうさんの口車にひっかかって、相続放棄なんかしないことさ」

「気をつけなさいよ、あんた。変な書類にハンコなんか押さないようにね」

そんな話をひとしきりしている中に咲子が仏具を届けに来て、そこで、店屋物の蕎麦で夕食をすませると、けいは子供達とひとまず、自分のマンションへ帰って行った。

独りになって、はるみは、あらためて部屋中を見廻した。

夫と二人、どのくらい、この家に暮したのかと思う。

このマンションに移ったのは、誠が結婚してからであった。

およそ七年である。夫の生活の痕跡が、どの部屋にもあった。

夜店で買って来て、たいして大事にもしていなかった安盆栽の鉢だの、勧められて買ったものの、三日坊主でやめてしまったマラソン用の器具だの。茶簞笥には夫の湯呑が入っているし、壁には、この前の雨の日に着て行ったレインコートが、まだ、そのまま掛けてある。

机のすみには、夫が愛読している小説本や何冊かの月刊誌が積んであるし、灰皿だのライターだの、煙草だの、彼だけが使用していた品物が次々と、はるみの眼にとび込んでくる。

なんとなく、はるみは煙草へ手をのばした。

今まで一度も吸ったことのない煙草を一本、口にくわえて、ライターで無器用に火をつける。

煙が眼にしみるようであった。

夫の健康状態が、行き倒れになる程、悪かったのも気づかず、のんびり生活していた自分が、今更のように情ない。

誠を責められたものではなかった。

そんな感傷が吹っとんだのは、翌日の午後である。

午前中にデパートまで出かけて買ってきた小さな仏壇を小机の上に据え、これも一緒に求めた香炉やら線香立てなどを適当に配置して、骨箱と位牌を然るべき位置に並べると、どうやら恰好がついた。

花は昨日、要介が持って来てくれたのがあるし、故人の湯呑に新しいお茶を注ぎ、干菓子と一緒に供えた。

それと、はるみは、なんだか不体裁でいやだったが、そうするものだと、姉のけいがいって、茶碗に飯を山盛りにし、てっぺんに箸を突き立てたのを、今日もこしらえて、小机のすみにおいた。

柳川真一郎がやって来たのは、ともかく仏壇のまわりに並べるべきものが並び、誰が弔問にやって来てもよいようになった時である。

「静岡の息子さんから、お骨がこちらへお戻りになったとききましたので……」

突然の訪問の理由を、そんなふうに説明して、柳川は狭い玄関で靴を脱いだ。

この前、浜松の告別式に来てくれた時は、黒の背広だったが、今日はグレイに細い縞の入った合服である。

「その節は浜松までお出で頂きまして……」

柳川が焼香を終るのを待って、はるみは丁重に挨拶をした。

その節といったが、葬式が終ってから、まだ二日しか経っていない。

「初七日にうかがうつもりでしたが、ちょっとお話しておいたほうがよいと思いまして」

はるみの勧めたお茶を旨そうに飲んで、柳川は慎重に口を切った。

「実は、今日、静岡の息子さんから電話を頂きましてね。青山さんの退職金のことで、お問い合せがあったのですよ」

穏やかな口調だったが、はるみは心臓を鷲摑《わしづか》みにされたようなショックを受けた。

「主人の退職金のことで、誠さんが……」

鮮やかに思い出したのは、静岡から浜松の寺まで、成一の遺体を運ぶ途中、誠の口から退職金についての、いくつかの質問が出たことである。

その折の、はるみは義理の息子の、時をわきまえない言動に立腹し、又、具体的な事情も知らないまま、誠が欲している返事をすることがなかった。

「誠さんが、僕のほうへ訊ねて来られたのは、次の二点です」

柳川は、はるみの顔色をみて、少々、ためらったが、結局、話を続けた。

彼も亦、腹にすえかねるものが、声にも言葉にも出ていた。

「一つは、青山さんの正式の退職の年月日、そして退職金の金額と、それが、すでに支払われているかどうかについてです」

窓の外のポプラが風に揺れていた。

「奥さんも大体、御承知でしょうが、今回の退職者には勧奨のための特例がついています。新聞なんかでも、ごらんになったでしょうが、正式には五割増の退職金ということになっています」

失礼します、といい、柳川は椅子を少し引いて、はるみのほうへ体の向きを変えた。

殁った成一より、一歳年下ときいていたが、みたところ、夫よりも遥かに若くみえた。背が高いのに、童顔で、髪が黒々としているせいかも知れなかった。

柳川は、手許においた鞄の中から、小さなパンフレットとメモのようなものを取り出した。

パンフレットには「職員ハンドブック」と書いてある。

「この中に、退職手当早見表というのが出ているんですが、奥さんはごらんになったことがありますか」

はるみは首をふった。

そういわれてみれば、同じようなパンフレットを夫が長いこと手にして考え込んでいるのをみたような気がするのだが、はるみはあまり、関心を持たなかったのだ。

「これをみますと、勤続一年から十年までは普通退職の退職金支給率一・〇に対して、勧奨退職は一・五〇です。つまり、五割増ですね。しかし、十一年以上の勤続者には割増率がアップして行きます」

はるみは熱心にきいているつもりだが、それでなくとも動転しているところへ、もともと数字に弱い体質なので、一・〇だの一・五〇などといわれても、もう一つぴんと来ない。

が、柳川は、かまわず説明を続けた。

「青山さんの場合は、勤続三十年以上なので、大体、二倍少々、つまり普通退職の場合の退職金の約二倍が支給されることになるんです」

言葉を切って、柳川は、はるみを眺めた。

「そんな話を御主人からきいたことがおありでしょう」

悪いことをしたわけでもないのに、はるみはどぎまぎし、うろたえて、小さくうなずいた。

「今度、やめれば退職金の率がとてもいいということは申しました。でも、具体的には」

数字に強くない妻には、話しても仕方がないと思ったのか、それとも、他に理由があったのか、成一は退職金の金額については、いつも、おおよそのことしかいわなかった。

「奥さんは、ずいぶんおっとりしていらっしゃいますね」

柳川が苦笑した。

「うちの女房なんぞ、このパンフレットと首っ引で、僕が退職した場合の退職金の金額を計算機で、はじき出していますよ」

「柳川さんも、おやめになるんですか」

そっちへ話がとんだ。

「いや、やめそびれました」

おかげで女房と大喧嘩になったと、柳川はいくらか情なさそうな調子で告げた。

「柳川さんは、出世コースに乗っていらっしゃるから……」

国立大出の秀才であった。

頭が切れるだけに仕事も出来るが、敵も多く、殊に今度、退職した彼の上役とは、徹底的にそりが合わず、出世がストップしていると、成一が話したのを、はるみは思い出していた。

が、やはり、夫の話では、その上役は退職し、後任は、柳川を大層、買っている男だというから、これからの柳川は思いのままに、出世街道を、驀進《ばくしん》するかも知れない。

「実をいいますと、青山さんの退職金は、先週の金曜日付で支払いがすんでいて、それは、青山さんの銀行の口座に払い込まれているんです」

経理を調べて、確認して来たらしい。

「勿論、勧奨退職率で、支給されています」

銀行へ行って、成一名義の貯金の口座をみれば、金額もはっきりわかると柳川はいった。

「僕は独断ですが、静岡の息子さんのお問い合せには、このことを知らせませんでした」

自分ではわからないし、友人でも退職金のことまでタッチしたくないと答えたという。

「お恥かしいことですわ。とんだ世話場をおみせしちゃって……」

わざと冗談らしく笑ってみせるつもりが、笑いが途中でこわばった。

「息子が、静岡に家を新築していますんですよ。主人が、退職金の一部をあてにしていいと申して居りましたし、実際、いくらか出してやる予定でしたから……」

はるみの弁解に、柳川はうなずいた。

「その話は、僕も青山さんからきいています。家を新築中なら、金の要るのもわからないわけじゃない。しかし、青山さんが歿ったばかりの今、奥さんをさしおいて役所にまで、電話をしてくるというのが、失礼ながら、僕は納得出来ませんよ」

「あたしが、ぼんやりなものですから……」

「よけいなお節介かも知れませんが、青山さんがこうなった今、青山さんの退職金を受けとられるのは、長年、苦労を共にして来た奥さんです。奥さんがその中から、義理の息子さんに、どうこうしてあげようというのは、勿論、御自由ですが、奥さんを通り越して、息子さんのほうへ退職金を支払ってもらいたいといわれても、承服出来ませんね」

「誠さんが……退職金を自分のほうへ支払えといったんですか」

啞然として、はるみは柳川をみた。

いくらなんでも、大学を出て、医者になっている一人前の男が、そんな非常識をいうわけがないと思う。

「これだけは、奥さんに申し上げたくなかったが……事実ですよ」

肩を落してうつむいてしまったはるみをみて、柳川は声をはげました。

「金のことを、第三者がとやかく口を出すのは筋ではないと思います。けれども、僕は生前の青山さんから、奥さんがどんなに苦労して、生さぬ仲の息子さんを一人前にしたか、何度となくきいています。その息子さんが、こういうことをするというのが、どうも解せないのです。それと、青山さんにとって息子さんも大事だったでしょうが、奥さんも大事だったに違いありません。息子さんは、もう一人前になって一家を成している。奥さんはこれから先、一人で生きて行かなければならない。そこのところをよく考えて、然るべき人と相談して、青山さんの退職金を、本当に生きた使い方をして頂けたらと思って、お邪魔したのです」

自分で出来ることなら、なんなりといって欲しいと柳川は真剣な顔でいった。

「青山さんとは、ずっと親しくして来ました。僕が上役とぶつかって冷飯をくわされていた間も、青山さんだけが、前と変りなくつき合ってくれたんです。そのことが、僕にとってどんなに有難かったか……」

声をつまらせて、柳川は仏壇をみた。クールなみかけによらず情の厚い人だと、はるみは判断した。

それにしても、男の友情というのはいいものだと思う。

柳川は、そのあと、青山成一との思い出話を二つ三つ、はるみにしてから、もう一度仏壇にぬかずいて帰って行った。

その柳川とエレベーターのあたりですれ違ったらしい。要介は、はるみが客茶碗を洗い終らない中に、玄関を入って来た。

「お袋が、叔母さんが一人でしょんぼりしているんじゃないかって心配していたので、料理学校の帰りに寄ってみたんです」

派手な紙袋を重そうに、ぶら下げている。

「そこで柳川さんにあいましたよ」

「心配して来て下さったのよ。いろいろとね」

退職金の話をしたものかどうか迷っている中に、要介はさっさと台所へ行って

「暫く、ここを借りますよ。今日、習って来たのを作ってあげますから……」

台所の壁にかけてあったはるみのサロンエプロンをかけ、石鹸で手を洗っている。

「なにを作るの」

「まず、最初はケーキ……そのあとで、マルセイユ風ブイヤベース」

「随分、むずかしいのを作るのね」

男が台所に入っている風景を、はるみは知らなかった。

歿った父親は、勿論、皿拭き一つしたことのない男だったし、成一にしても食事というのは、女が作って、男は食べるだけと信じて疑わないようなところがあった。

滅多になかったことだが、はるみが病気をすれば、外食か店屋物である。

要介の手つきは、なかなか堂に入っていた。

粉を器用にふるい、卵を割って泡立てるのなど、はるみより上手にやってのけた。

そんな時に、又、ドアホーンが鳴った。

はるみが出てみると、思いがけず青っぽいワンピース姿の花緒が立っている。

「父の使いで参りました」

例によって、はきはきした調子でいい、背筋のよくのびた、いい恰好のお辞儀をする。

リビングへ通って、まず、仏壇へおまいりして、ハンドバッグの中から薄い袋をとり出した。

「伯父さんの写真なんです」

昨日、成二が自分で現像所へ行ってもらって来たもので
「こないだ、伯父さんがおみえになった時、写したものなんです」

カラー写真であった。

成二の家の庭で写したものだ。

「それは、スッポンの養殖場です」

いくつも池のある背景の中で、成一が笑って立っている。

「伯父さんが、あんまりよく写っているので、伯母さんにおみせしたいと、父が申しました」

実際、成一はいい顔をしていた。ゆったりとくつろいだ表情で、たのしげに笑っているものが多い。

考えてみると、成一はこの写真をとって半日後にはあの世に旅立っているのであった。

それにしては、写真には少しも暗い翳がなく、死相のようなものも感じられない。

写真を写したのは、成二だと、花緒が説明した。

「新しいカメラを買ったばかりだったので……」

成二と兄弟二人、並んで写っているのがあった。二人とも嬉しそうである。

「それは、私が写したんです」

台所からお茶を持って、要介が出て来た。

「いらっしゃい」

花緒へ、ぺこりと頭を下げる。

「ちょうどいい時に来ましたよ、もうすぐ旨いチーズケーキが焼けるんです」

「旨いかどうか焼けてみなけりゃわからないじゃないの」

はるみが、いつもの明るい声でいった。

幸せそうな夫の写真をみていると、知らない間に気持が和んでいる。

「この叔父さん、いい顔してるな、ひきのばして、仏壇へ飾ったら……」

要介が一枚をえらび出していう。

気がついてみると、仏壇に写真がなかった。

「道理で、なにか物足りないと思ったわ」

とりあえず、その写真をあり合せの写真立てに入れて位牌のわきにおいてみた。

「浜松で、こんな楽しい一日を送ったあとで、死んじゃうなんて……人間、わからないものだわねえ」

はるみがいい、若い二人がしんとした。

三度目に玄関のブザーが鳴ったのは、ちょうどチーズケーキが焼き上って、リビングにまで、バターのまじった甘い匂いがただよっていた時であった。

千客万来というのは、今日のような日をいうのかと、はるみはドアをあけて、一瞬、顔をこわばらせた。

「誠さん……」

青山誠は義母の表情をみて、いくらかぎこちなく頭を下げた。

「東京に用事があったので、どうしていらっしゃるかと思いまして……」

調子のいいことをいうものだと、はるみは心中、大声で笑ってやりたくなった。

彼が静岡から、わざわざ、やって来た理由は容易に想像が出来た。

勿論、父親の退職金についてである。

リビングへ入って来た誠をみて、台所にいた要介と花緒が、あっという顔をする。

「なんだ、花緒さん、来ていたの」

出て来て挨拶した花緒と要介に、誠はそんな口をきいた。

「写真を届けてくれたんですよ」

仏壇の前の写真立てを、はるみはしめした。この部屋へ入って来て、まず、位牌の前にぬかずくかと思っていたのに、誠は悠々と椅子に腰をかけている。

はるみにいわれて、やっと、そこに亡父の骨箱も位牌もあると気がついたようであった。

あらためて立って行って、線香をあげる。

「お骨と一緒にいて、夜なんか気味が悪くないですか」

合掌してから、冗談らしく笑った。

「ちっとも……主人のお骨ですから……」

悪い冗談だと、はるみは更に腹が立って来た。

前から、もう一つ、しっくりしなかった義理の息子が、夫の死をきっかけに、どうにも我慢がならなくなっている、はるみである。

花緒がお茶を入れて来た。さっさと台所へ戻って行く。

台所では、もう次の料理実習が、はじまっているらしい。

いくらか、意地悪な気分で、はるみは黙ってお茶を飲んでいた。

こっちから話のきっかけをつけてやるつもりもないし、むこうがなにをいい出すのか不安でもあった。

誠は、暫く、ためらって居た。台所にいる二人の耳を気にして、話そうか話さず帰ろうかと迷っているふうである。

が、次の機会まで話をのばすにしては、彼の家庭の事情が切迫していたらしい。

「実は、少々、お願いがあって来たんですがね」

煙草を一本吸い終ってから、おもむろに口を切った。

「なんなの」

はるみのほうは泰然自若としている。

「この前、僕がここへ来た時の話、お母さんもきいてるでしょう」

「話って……」

とぼけた。

「家を新築するってことです」

駿河平の分譲地に、すでに着工していると誠は説明した。

「親父は退職金の中から、金を出してやるといったんですが……」

「ああ、そう……」

「お母さん、きいてませんか」

「家のことは、きいてますよ。でもね、具体的にはなんにも……」

「退職金、受け取っていますか」

はるみは、相手を強い視線で眺めた。

「お役所のほうへ電話したそうじゃないの。柳川さんがおっしゃってましたよ」

「いや……」

誠は狼狽し、頭へ手をやった。

「気になったもので……退職金が、その、勧奨退職の特典を受けられるかどうか……それによっては、随分、金額に差がつくでしょう」

「そうらしいわね、柳川さんがおっしゃってたわ」

「どっちになったんですか」

台所との間のドアがあいて、要介が入って来た。

「失礼します、叔母さん」

リビングの椅子へ腰を下した。

「どうして、そんなことが気になるの」

要介が同席したことで、はるみはいくらか気が強くなった。

「どうしてって、そりゃそうでしょう。勧奨退職なら、親父の退職金は四千万ぐらいにはなるんじゃないかな」

「だったら、どうだっていうんですか」

要介が口をはさんだ。

「退職金を受け取るのは、叔母さんであって、君じゃない」

「僕にも相続権があるんだよ」

はね返すように、誠が応じた。

「親父の遺産は、僕にも相続する権利があるんだ」

「叔父さんの初七日にもならないのに、わざわざ権利を主張するために、上京したというんですか」

「親父と約束しているんだよ。家を建てる金が足りないんでね。援助してやるといわれていたんだ」

「いったい、いくら……」

「少くとも三千万円、親父は遺産相続分の中から先にやるといってくれたんだ」

「三千万……」

はるみの唇から吐息が洩れた。

気の遠くなるような金額であった。柳川はすでに、青山成一の退職金は銀行に振り込まれているといったが、果して、そんな多額の金が入っているのかどうか。

誠が二本目の煙草に火をつけた。

義弟

浜松といっても、この辺りは郊外であった。どちらかといえば、弁天島に近い。はじめて、この辺りへ来た人は、まるで水田のように区画された無数の池に目を見張るだろう。

浜松名物の鰻の養殖場である。

青山成二の家を取り巻いている水面も、ちょっとみには、それと区別がつかなかった。が、よく観察すると、それらは微妙に違っている。

プールのような水槽があった。

金魚を養殖している池に似ている。

かと思うと、水槽のふちに砂を盛り上げて斜面が作ってあるのがいくつもある。

砂地の斜面は、スッポンが産卵するためのものであった。

彼のスッポン養殖場は規模はそう大きくないが質の点では、浜松でも、いや日本でも指折りであった。

もっとも、スッポンを養殖している業者は全国でも非常に少かった。収穫量も鰻にくらべて、ごく僅かである。

もともと、スッポンを養殖するようになったのは、明治十二年に東京の葛飾で、鯉や鰻と共に試験的に行われていたのが、明治三十一年から、浜名郡舞阪に移って、今日に及んでいる。

大体、スッポンの全国での生産高の八割以上が、舞阪で養殖されている現状であった。

青山成二も、舞阪のスッポン業者の一人である。

四月の末から五月にかけては、スッポンの養殖に従事する人々にとって忙しくなる時期であった。

ぼつぼつ、冬眠からさめて来たスッポンのために、投餌が、はじまる。

やがて、産卵する親スッポンには、特に滋養のある生き餌として、新鮮な魚や海老、蟹などを与える。

同時に、産卵に備えて、親スッポンの池の産卵場の整備もしなければならなかった。

餌を与えるのは早朝であった。

起きぬけに、成二は作業服を着て、若い連中と飼育池を回る。

家へ戻って来て朝食を摂るのは、八時すぎであった。

最近、改造したばかりのリビングは、ひっそりしていた。

高校三年の長男の六助は、もう登校した時刻だが、今朝は、妻の良子の顔もみえなかった。

「お母さん、六ちゃんの学校へ行きました。大学進学のためのお話があるんですって」

台所から、いい匂いのする味噌汁を運んで来て、花緒がいった。

アイロンのきいたエプロンがよく似合う。

実際、家にいる時の花緒は、殆んどエプロンをとることがなかった。一日中、こまごました家事を一人で片づけている。

それというのも、良子が六助の高校のＰＴＡの役員をしている上に、息子の大学進学を来年にひかえて、始終、外出することが多いからであった。

「又、学校かい」

成二は、少々、憮然とした。

長男の大学進学に熱心でないことはないが、一年も二年も前から、大学、大学と大さわぎをしている良子をみると、同じ子供なのに花緒のほうは、当人がのぞまなかったといって、あっさり高校まででやめさせてしまったのが、気になってならない。

花緒が養女だけに、成二は一層、その差別が不快なのだが、良子のほうは、けろりとしていて

「だって、男と女は違いますよ」

とか
「花緒は勉強が好きじゃないから……」

と割り切っている。

別に花緒に冷たいというのでもなく、よく彼女のために、服だのアクセサリイだの買い与えているようだし、台所で陽気に喋っている。

幼児の時から我が子同然に育てて来た娘だし、なにも、血が続いていないことを意識する必要はないと思いながら、近頃は女も短大ぐらいは進学している御時世だけに、成二はどうも、花緒が高校卒というのが、親の責任のようで心にひっかかるのだ。

「お父さん、納豆、出来ましたよ」

テーブルの傍で、器用に納豆に薬味と卵を割り入れて、かきまぜていた花緒が、成二をうながした。

「今日、チーズケーキを焼いてみようと思っているのよ。昨日、東京のはるみ伯母さんのところで教えてもらって来たの」

ぬかみそから出したてのお新香に醤油をかけて、花緒は、父親の顔色をみた。

それだけで、成二は花緒が、なにかを話したがっていると気がついた。

男にしては、よく神経の行き届く性格である。

「写真、伯母さん、喜んだかい」

「泣きそうになって、みていたわ。やっぱり、持って行ってあげてよかった」

その一枚を写真立てに入れて、仏壇に飾ったことを、花緒は報告した。

「気に入ったのは、いくらでも引きのばしてあげるといってあげればよかったな」

「ええ……」

ちょっと、ためらって、花緒はエプロンの端をつまんだ。

「昨日、静岡から、誠さんが来たの。あたしがお邪魔している時に……」

「ほう……」

納豆を熱い飯の上にかけて、成二は、それが花緒の、今朝の話だと見当をつけた。

「誠さん、なにしに、東京へ行ったんだい」

花緒の眼が、少し大きくなった。

真剣な話をする時の、彼女の癖である。

「それがね、歿った伯父さんの退職金のことだったの」

若い娘の潔癖さが、彼女の眉間に不快を示す皺をよせていた。

「退職金……」

「よくわからなかったんだけど、勧奨退職だと、沢山、もらえるとか」

ああ、と成二は苦笑した。

「今年は、だいぶ、高年齢者の退職を勧めたらしいね」

役所の人べらしのために、有利な退職金制度を作って、退職をうながしたものだと、成二は娘に説明した。

「希望退職者の退職金は五割増とかいっていたね」

「それは、勤めた年数によるんですって。伯父さんの場合だと、倍ぐらいになるのよ」

成二は娘の顔を眺めた。

「どうしたんだ、花緒らしくないじゃないか、人の金にこだわるなんて……」

兄がいくら退職金をもらおうと、気にならない成二であった。

金額が多ければ、兄のためによかったと思う。

「お役人って、随分優遇されてるんだなとは思ったの。でも、あたしがおどろいたのは、そのことじゃありません」

静岡の誠が、三千万円を要求して来たと、花緒は小さな声になっていった。

「三千万……」

「家をたてているんですって……」

「あるじゃないか。結婚の時に買った家が……」

その家の庭で、兄がたった一人で息を引きとったことを、成二は思い出していた。

兄の死に方は、弟にはショックであった。

「あそこは手狭だからって……」

「建てるのはいいが、なにも親の金をあてにしなくたって……」

「あたしもそう思ったの。誠さんって、もう三十四でしょう」

「そんなになったのか、あいつ……」

兄の葬式の時も、彼のやり方には腹にすえかねるものがあったが、温厚な成二は、それを口に出さなかった。

なによりも、兄の長男の立場を尊重してやったつもりだ。

「誠さんったら、遺産相続のことまで、いい出したのよ」

「遺産相続……」

「浜名湖のそばの土地のことまでいっていたわ」

たしかに、兄の名義の土地が、奥浜名にはある。

「伯母さん、なんていってた」

「なんにも……誠さんったら、役所に電話して、伯父さんの退職金がいくらだったかも調べさせたのよ。伯母さんに……あんまりじゃないかしら」

花緒が本気で腹を立てていると、成二は判断した。

この娘が、女には珍らしく正義漢で、なにかというと、すぐ義憤に燃えるのを、成二は男親の立場から、たのもしく思っていた。

彼女に比較して、長男の六助が要領のいい、日和見《ひよりみ》主義の傾向が強いのが、気に入らない。

それはともかくとして、今朝の花緒の報告には、成二も唖然とした。

静岡で開業医をしている甥が、よもや、これほどまで無神経だとは思わなかったのだ。

「誠さんと、東京の伯母さんとは生さぬ仲でしょう。だからこそ、もう少し、デリカシイがあっていいと思うのよ。そりゃあ息子なんだから、遺産相続の権利はあると思うのよ。でも、なにも伯父さんの初七日もすまない中から退職金にまで口出しすることないと思うわ」

「そりゃあそうだ」

成二の相槌に力が入っていたせいか、花緒は自信を持って続けた。

「第一、誠さんはお医者になるためにも、開業する時も、結婚にも、沢山のお金を親から出してもらっているわけでしょう。それは遺産相続とみなされるんですってよ」

青山成一の遺産を法律に従って、妻と息子が分配する場合、生前贈与の分は、分け前からさっぴかれるのだと花緒は主張した。

「よく、そんなことを知っているんだな」

相続の話だけに、成二は少々、気になった。

自分にもしもの時は、花緒にも相続権がある。

「あたし、本屋へ行って相続のことを書いたの、一冊買って読んだんです」

立って行って、小冊子を持って来た。

素人にもわかる法律の手引というような書物である。

「便利な本が出ているんだな」

ざっとめくってみて、成二はその本を娘の手へ返した。

「まあ、東京の伯母さんのことは、お父さんも考えている。遺産相続については、誠の勝手にはさせないように、気をつけるから……」

花緒はそれが当然だというようなうなずき方をした。

「そうしてあげて下さい。伯母さんが気の毒よ。子供のある家へ後妻に来て、誠さんを育て上げて……伯母さんの三十代、四十代は歿った伯父さんと誠さんのために費されたようなものじゃないの。そのあげく、五十にもなって、老後の生活に不安を感じるようじゃ、あんまりかわいそうだわ」

「伯母さんが、お前にそういったのか」

「なんにもいわないのよ。愚痴もこぼさないの。でも、そりゃあ寂しそうだった……誠さんが帰って、あたし達が帰ったあと、泣いたと思うのよ、きっと……」

「私達……?」

娘の言葉に、成二はちょいとひっかかった。

「お前と誠の他に、誰か東京へ来ていたのか」

一瞬だったが、花緒がうろたえた顔をした。

「来ていたのよ。たまたま、東京の、要介さんが……」

「要介君か」

それなら不思議はなかった。はるみの甥である。

「要介君は、誠のことを、なにかいってたかい」

要介が、はるみの血のつながりのある甥なら、誠は成二にとって、やはり血の続きのある甥であった。

身内の甥が、非常識な発言をして、はるみの身内に笑われたのではないかと気がかりでもあった。

別に、誠という甥が特に気に入っているわけではないが、俗にいう身内意識が、この時の成二には働いていた。

「要介さんは別に、なにもいわなかったわ。ただ、伯母さんのマンションを出てから、お医者というのは金のかかるものだねって……」

「医者は金がかかるか」

受け取り方によれば、それは痛烈な皮肉であった。

これはいけないと、成二は考えた。

誠があまり馬鹿なことをしでかして、世間から非難されない中に、叔父として、彼に忠告をしなければならないと思う。

朝の、娘との会話は取り引き先である京都の料亭からの電話で中断された。

午後になって、成二は仕事が一段落した時に、知り合いの弁護士のところへ電話をかけて、遺産相続について、少し相談をしたいので、近日中に食事でも一緒にしないかと申し入れた。

相手の都合をきいて電話を切ると、いつの間にか良子が帰って来ている。

「遺産相続って、なんですの」

ちゃんと、夫の電話を耳にしていて、訊いた。

「いや、実は兄さんの遺産をね」

花緒から訊いたままを、ざっと説明すると良子は、僅かだが不快の色を浮べた。

「あんまり、そういうことに口出ししないほうがいいんじゃないの。うちとは関係ないんだから……」

「そりゃそうだが、知らん顔も出来ないよ」

「どうして……」

「義姉さんが気の毒だろう」

「遺産相続の智恵ぐらい、むこうだって相談する人がないわけじゃなし、考えてますよ」

　それよりも、花緒が遺産相続に興味を持ったのを、良子は気にした。

「まさか、あの子、自分はあまり学資をかけてもらってないから、その分、遺産相続の時に、余分にもらいたいなんていい出すんじゃないでしょうね」

　成二は苦い表情になった。

「いい加減にしろよ。俺はまだ死にゃあしない」

　夫婦の会話は、それで終ったが、成二は自分の考えを変えたわけではなかった。

　初七日の法事はしないという連絡が、静岡の青山誠から来たのは、その日の夜である。

「冗談じゃない。どこの世界に初七日の法事をしないということがあるかね」

　温厚な成二も、つい大きな声を出したが、相手は平然と応じた。

「お寺のほうには、四十九日の法事の分まで、供養料をまとめて払ってありますから、もしなんだったら、叔父さんのほうで適当になさって下さってもいいです。父の友人は大方、東京だし、義母は東京でごく内輪にやるようなことをいっていますから……」

　甥の電話を切って、成二は東京のダイヤルを廻した。

　柔かで丸味のある兄嫁の声が、もしもしと応じている。

「義姉さん、僕です。浜松の成二ですが……」

　初七日の法事のことで、静岡から電話があったというと、はるみの声が急に曇った。

「そのことで、私も成二さんに御相談したものかどうか、思い余っていたんです」

「初七日をしないというのは、誠の意見ですか」

「はい、なんですか、その日、都合が悪いとかで……」

「親の法事に都合もへったくれもないでしょう」

「私も、そう思いましたけど」

いっそ、自分だけ浜松の寺へ行ってとも思っているが
「お寺へ行ったら、誠さんにあてつけがましいような気がしますので……東京でとも迷っています」

途方に暮れているはるみの調子に、成二は同情した。

「誠の奴、いったい、なにを考えとるんやろうなあ」

「いそがしいんだと思います」

「初七日も出来んほどですか……」

「申しわけございません」

はるみに詫びられて、成二は慌てた。

「いや、申しわけない思うてるのは、わたしのほうですわ」

法事は東京でしましょう、と成二は決断した。

兄の遺骨も、今は東京のマンションに帰っている。

「わたしが、浜松から坊さんと一緒に上京しますわ」

「そうして頂けると、どんなに有難いか」

「内輪だけで、兄さんの思い出話でもしましょう」

しかし、その内輪の中に、亡兄の一人息子である誠は加わっていない。

はるみには独断で、成二はもう一度、静岡の青山家へ電話をした。

電話口には、誠の妻の万里子が出た。

成二が、亡兄の初七日の法事のことだが、といいかけると、万里子が先くぐりしていった。

「申しわけありません。ちょうど、私の父の還暦のお祝とぶつかってしまったものですから……」

「還暦の……」

「ええ、前から決っていて、皆さんがお祝の会場やら、いろいろ準備をして下さったものので、変更が出来ませんでしたの」

万里子の父親が医者で、静岡でも屈指の大病院の経営者であるのは、成二も知っていた。

政治的にも、なかなかの手腕があり、土地の有力者である。

誠が静岡で開業した裏には、そうした妻の実家のバックアップがあってのことだ。

「お祝は、どちらで……」

「日本平のホテルですの。わざわざ、東京から来て下さるお客様もありますし、招待状も、だいぶ前にお出ししてお返事を頂いてしまっていた状況なので……」

たしかに、還暦のお祝ごとは早くから準備も出来るし、予定も組める。しかし、死は或る日、突然に訪れるものであった。

葬式も、初七日の法事も、当人が死んで、はじめて決るものであった。

「父も、とても心配しているのですけれど、誠さんが、三七日《みなぬか》の法事の時に、初七日の分もまとめて盛大にやるからといってくれましたので……」

それで、誠が初七日の法事をしないといい出した理由はわかったが、成二は釈然としなかった。

妻の父親の還暦のお祝と、実父の初七日の法事と、どちらを重く考えるべきなのか。

「そりゃ、たしかに、生きていらっしゃるほうを大事にせなあきまへんな。残念ながら、わたしは、兄貴の法事のほうに行きますよって、お祝にはうかがいませんが、何分、よろしゅう……」

成二にしては珍らしく皮肉たっぷりな挨拶をして電話を切った。

電話のむこうで、甥の嫁が、どんな顔をしていようと知ったことではない。

女房の父親の祝は、前から決っていて致し方のないものだったにせよ、だからといって実父の初七日をないがしろにしていいとはいえない。

浜松で法事をすませてから、日本平へかけつけたところで、罰は当らないと思う。

医者としてやって行く以上、女房の実家に頭の上らない誠の立場もわからないわけではないが、成二には、そんな甥が情ない男としか映らなかった。

花緒に、これを話したら、どんなに憤慨するだろうと思う。

兄の初七日に、成二は夫婦で上京するつもりであった。

「あたし、行けないわ」

そういい出したのは、良子で
「六助の大学受験のことで、ちょっと人に会う約束が出来てしまったの」

三人の息子に、六助の志望する東京の大学を受験させ、三人とも合格して、目下、その中の二人は在学中という奥さんが、良子にその大学の有力者を紹介するといって来たという。

「裏口入学なんか、よせよ」

「そんなんじゃありませんよ。知ってる先生があるかないかで、随分、違うってきいたんです。親として出来るだけのことをしてやらないで、そのために、六助が落ちたら、かわいそうじゃないの」

良子は喋り出すと立て板に水である。

その大学の昨年度の受験率が何パーセントで、来年度の見込はどのくらい、六助の現在の学力がどのくらいで、どんなに尻をひっぱたいて勉強させてみても、彼の力で、その大学に合格する可能性は何パーセント程度だと具体的な数字をまじえて、がんがん切り込んでくる。

「とにかく、親も子も必死にならないと……少々の不義理は、六助が大学へ入るまで勘弁して頂かないと……」

子供の教育に関しては、女房の説得力に弱いのが一般の亭主族の傾向だというけれども、浜松の青山家でも例外ではなかった。

「あなた一人でもいいでしょう。初七日なんですから……」

結局、成二は、浜松の青山家の菩提寺の住職と二人、午前中の新幹線で上京した。

広尾のマンションには、もう何人かが集っていた。

はるみの姉の岩下けいに、その息子の要介と、娘の咲子、それから、浜松まで来てくれた、故人の後輩という柳川真一郎が、もう一人、初老の男を伴ってすわっていた。

「青山さんとは古いお知り合いで、医者の前田先生です」

診療所が日比谷で、勤先に近いところから
「ちょっと調子が可笑しいと思うと、前田先生に診てもらいに行ってるんです」

柳川は、そういう点では、自分の健康に留意するほうだが、歿った青山成一は、滅多

に前田診療所へは足を運ばなかったようで

「たまに会うと、きまって、診療所のほうへ来いよ、というのが挨拶がわりでしたが……」

その成一が自分から電話をかけて、前田診療所へ来たのは、急死する二週間ほど前のことで

「僕が検査をしたんですが、血圧も思ったより高かったし、心臓の状態も決してよくなかったので、知り合いの医者が大学病院にいるので、紹介状を書いたんですよ。電話もしておくから、早い中に行くようにと……」

前田芳夫は、沈痛に話した。

たまたま、彼は翌週から友人とヨーロッパ旅行に出かけていて、帰国して青山成一の訃《ふ》に接した。

「こんなことになるなら、出発前に強制的にでも大学病院へ連れて行けばよかったんですが……」

どちらかといえば、若白髪の傾向があったとかで、前田芳夫は六十そこそことというのに、見事な銀髪であった。

眼鼻立ちが大きく、彫の深い容貌は、さぞかし患者に信頼感を抱かせるだろうと思われる。

「青山さんは二言目には、息子も医者だし、息子の女房の実家も医者だからといってい
たんですよ。それで、僕らも、おそらく息子さんの嫁さんの実家で治療を受けていると
思っていたんですがね」
だが、その息子は今日の法事にも姿をみせない。
やがて、お経がはじまって、成二は、義姉と並んですわった。気持としては出席しな
い誠の代理のつもりである。
法事のあとで、近所の中華料理店に席を移して会食となった。
さして大きくはないが、味の良いことでは、食通にちょっと名の知れた店である。
その中華料理店の支配人は、前田芳夫を知っていた。
「これは、先生、ようこそ」
親しげに挨拶されたので、けいが訊いてみると、週に一度はここへ食事に来る常連だ
という。
「なにしろ、家内が居りませんので、掃除洗濯は家政婦が通いでやってくるのですが、
料理のほうは、どうしてもお仕着せになりましてね、もっぱら、外食ですませる習慣が
ついてしまったのですよ」
ビールと老酒《ラオチュウ》に料理が運ばれて、舌がなめらかになった前田芳夫が家庭の事情を話し
出した。

「前田先生は、お独りですか」

ビールのお酌をしながら、岩下けいが如才なく訊いた。

「三年ほど前に、家内に先立たれまして、目下、一人暮しです」

「それは、それは……失礼でございますが、お子さんは……」

「娘が二人居りますが、上は結婚して大阪へ行って居ります。下は、ニューヨークへ留学していまして……」

「やはり、お医者さまに……」

「いや、それが、歌とモダンダンスの勉強に行って居りましてね」

ブロードウェイの舞台にも、何度か立ったことがあると、前田芳夫は親馬鹿丸だしで嬉しそうに話した。

「しかし、お一人では御不自由でしょうなあ」

成二は、一杯のビールで、もう顔を赤くしていた。

「こんなことを申し上げるのは不謹慎だが、夫婦の中、どちらが先に逝くのがいいかといえば、やはり、男でしょうな。男があとへ残ったら、みじめなものですよ」

前田芳夫がいよいよ雄弁になった。

「我が家の場合、どちらかというと、わたしは自分のことを自分でする主義を、結婚後も押し通して来ましたから、女房に死なれて簞笥のひきだしになにが入っているかもわからないというような状態ではありませんでしたが、それでも、随分、面くらいましたよ」

葬式のために、一時、帰国した下の娘がニューヨークへかえってしまうと、その翌日から朝食に困ったという。

「家政婦がパンを買っておいてくれるんですがね、毎日、パンとコーヒーじゃ、どうにも味けない。それで、一人用の電気炊飯器を買いました」

飯が炊けるようになって、もっぱら納豆やつくだ煮の朝食が愛用された。

「最近は、インスタント味噌汁で、なかなか旨いのが出て来ましてね。味噌も粉末でなく、固形の味噌の入っているのもある。わかめだの、なめこだの、いろいろ試みていますよ」

はるみは驚いて、きいていた。

お湯を注ぐだけの味噌汁があるのは知っていたが、実際に使ったことがなかった。

「先生は、再婚のお気持はございませんのですか」

けいが訊ね、はるみはその質問が無神経なものではなかったかと、心を痛めた。

「いや、実は我々も、先生の再婚を考えまして、それとなく候補者を御紹介したりしているのですが、先生のほうにそのお気持がないようで……」

柳川がいい、前田芳夫が陽気に手をふった。

「いやいや、気持はありますよ。ただ、二度目となると、とかくビジネスライクに考えたがる。食事の仕度や生活管理の必要から再婚するというのでは、相手の方に申しわけありませんからね」

「要するに、先生のハートをゆすぶるほどの女性に、まだめぐり合わないということですな」

柳川がひかえめな笑い声で、その話をしめくくった。

会食が終ると、もう夕方に近く、柳川も前田もそこで辞意をのべた。

けいは、妹のマンションへ戻りたげだったが、夕方から、自分の経営しているマンションの空室へ入居希望者が訪ねてくるとかで、やはりレストランの前からタクシーで帰って行った。

成二は、兄嫁と行動を共にした。

もう一度、マンションへ帰って、兄の霊前に焼香したかったし、はるみに話もあるが、それ以上に法事のあと、一人きりになるはるみの寂しさへの思いやりであった。

これから

はるみが鍵をあけて入ったマンションの部屋は成二が想像した以上に、ひっそりしていた。

法事の時の、焼香の匂いが、まだ部屋中にこもっている。

はるみがテラスを開け放った。

寒くも暑くもない、さわやかな夕方である。

「今日は本当にすみませんでした」

おまいりをすませた義弟の前に、はるみは改めて、手を突いた。

「浜松へ行かず、こんな勝手なことをして」

「勝手をしたのは誠ですわ」

血の続いた甥のために、成二は頭を下げた。

「義姉さん、堪忍してやって下さい」

「誠さんには誠さんの立場があるんですよ。お嫁さんのお父さんのお祝事だったら、さぞかし、地元のえらい方もおみえになるのだろうし……法事どころじゃなかったのかも知れませんね」

皮肉になるまいと思いながら、やっぱり言葉にすると皮肉になる。はるみは、自制した。

「近頃の人間はドライやいうけれども、誠がこれほど罰当りなことをするとは思わんでした……」

「もう、その話はよしましょう」

はるみは成二へいって、台所へ立って行った。

「岩下の姉が、三七日の法事は浜松でして、その時に納骨したらといっているんですけど、どんなものでしょうね」

手ぎわよくお茶をいれながら、成二へ訊く。

成二も賛成だった。

狭いマンションの部屋に遺骨があるのは、はるみのためにもよくないと思う。

「近頃は、初七日に納骨なさる人もふえてるそうですわ」

「むかしは、納骨は百カ日なんていいましたのにね」

ふっくらと、丸顔のはるみが少し痩せたと成二は思った。

「法事も大事ですが、ぼつぼつ、義姉さんのこれからも考えなあきまへんな」

義姉の入れたお茶は旨かった。上等の玉露なのだろうが、舌に甘みが感じられる。湯加減もよかった。

「姉にも、いわれているんです。いつまでも、ぼうっとしていてはいけないって……」

「あてで出来ることはおまへんやろか。及ばずながら、なんなりというて下さい。義姉さんのお役に立てたら、歿った兄さんにも喜んでもらえますよってに……」

ありがとうございます、と、はるみはかすかな微笑を浮べた。

「まだ、なにも考えてはいませんのですけど、いずれ、働きに出るか、姉のように、なにか商売をはじめるか」

五十に近い女の就職は難しかった。

アメリカのように初老の女のウエイトレスや店員が珍らしくない国とは違う。

「つかぬことをうかがいますが、義姉さん、静岡の誠が、義姉さんに三千万円も無心をしたちゅうのは、ほんまですか」

ききにくそうに訊いた成二へ、はるみは悪戯《いたずら》をみつけられた時の子供のような表情を浮べた。

「花緒さんが話したんですか」

「あの子、えらい心配して、わたしにいいつけよりました。義姉さんが人が良すぎて、静岡の誠さんのいいなりに遺産をとられてしまうのやないかいうて、わたしになんとかせい、いいよりましたんや」

はるみは笑い出した。

「成二さんも、娘さんにはよわいのね」

「そういうわけやありまへんけど、義姉さんが誠に義理を立てすぎて、将来、苦労することになったら、いかんと思いまして……」

生まれたのは浜松なのに、京都へ板前奉公に出て、結婚するまで京都で暮す中に、成二は、すっかり関西弁が身についてしまって、気を許せる相手にはいささか調子の狂った京なまりで喋りまくる。

京生れの京育ちの妻の良子が、外では全く標準語を使いこなしているのと、いい対照であった。

「あの三千万は、主人が生きている時からの約束なんですよ」

その金を出してやるために、退職を決心したようなものだったと、はるみは話した。

「今年、退職すれば、退職金の条件がいいってこともありましたけど……」

「兄さんも、いつまでも誠を甘やかして居ったんですな」

「一人っ子ですもの、出来るだけのことはしてやりたかったんでしょう」

はるみは亡夫をかばった。

「それやったら、よろしおすけど、そのお金も、兄さんの遺産分与の中に入ることを忘れんといて下さい」

亡兄の遺産は法律に従って、はるみの受け取る分は、きちんと受け取ってもらいたいと成二は強調した。

「兄さんは歿ったけど、義姉さんには、まだこの先、人生があるんですから……」

「でも……」

と、はるみは心細そうな顔をした。

「誠さんから、いわれているんですよ。法律で決められた相続は、妻が三分の一、子供が三分の二だから、あたしに来るのは、退職金の残り分ぐらいになるだろうって……」

「そんなことをいっているんですか」

成二はポケットから、黒皮の手帖を出した。

「そんなこともあろうかと思って、友人の弁護士にいろいろ、きいて来たんですわ」

たしかに、法定の相続分は、妻が三分の一だが

「その中には、退職金は入らないんですて」

メモをみてつけ加えた。

「公務員の退職金は配偶者に受給権があるんですわ。つまり受給権を持つ第一順位者は女房、要するに義姉さんです。これは、相続には入らんそうですわ」

はるみは、きょとんとした。

「退職金は別なんですか」

「兄さんの場合は、そうです。それと、誠が兄さんの生前にもろうたもん……商売の資金やら、世帯を持つために家を建ててもろうたお金、結婚の時に出してもろうたもん、そういうものは、全部、兄さんの現在の遺産に足して、その金額を義姉さんと誠で三分の一と三分の二に分けるんですわ」

そうして出た数字から、誠がすでに親から贈与されている分を引いたのが、誠の相続分となるわけで

「勿論、その中には、義姉さんから取り上げた三千万円も入りますよって……」

多分、専門家に計算してもらったら、誠の相続分は、もうないのではないかと成二はいった。

「あたしには、よくわかりませんが……」

はるみは情ない声になった。

成二の説明はおおよそのみこめたが、具体的には、どうしていいかわからない。

「もし、義姉さんさえよければ、わたしの知り合いの弁護士に相談してみませんか。誠がもう少し、義姉さんに義理のある考え方をしているならともかく、三千万も持って行った上に、そんなけったいなことをいうてるのやったら、これはもう専門家に、きちん

としてもろたほうがええのと違いますやろか」

「そんなことをして、歿った主人に申しわけがないのと違いますかしら」

はるみの不安を、成二は吹きとばした。

「冗談やおまへん。義姉さんがこの先、経済的に困るようなことがあったら、あの世の兄さんがどんなに心配するか……浜松に来はった時も、兄さんは義姉さんと穏やかな晩年を送ることをたのしみにして居ったんです」

そういわれて、はるみも思い出していた。

退職したら、浜松へ帰って、ペンションでも開業しようかと、夫が話した夜のことであった。

あの時のはるみは、初老になって、見知らぬ土地へ行って暮すことに、いささかの不安を持って夫の言葉をきいたものだったが。

「義姉さん、誠にこれ以上、遠慮することはあらへんのです。わたしも、誠にそんな勝手はさせられまへん。歿った兄さんに、弟として、義姉さんの今後のことは、責任持たねばならん思うてます。義姉さんが遺産相続の権利を主張して、受けるものを受けるのは、むしろ、歿った兄さんかて喜んでくれると思います」

成二にいわれて、はるみもその気になった。

いつまでも、いい子ぶっていて、誠の勝手にされるのは、口惜しかった。

はるみにも、はるみのこれからがある。

「それでしたら、成二さん、どうぞよろしくお願いします。その弁護士さんに、すっかりおまかせしますから……」

成二の好意が、はるみには嬉しかった。

夫の葬式の時も、とかくはるみを無視しがちな誠をたしなめ、はるみを未亡人として立ててくれた成二の親切も忘れられない。

夫が生きている時分、良き弟だった成二である。

長男の夫は親が金を出して大学を卒業させ、役人にしたが、弟のほうは早く親と死別したこともあって、高校を出るのがやっとであった。

京都の料亭へ板前奉公に行ったのも、本人の希望には違いないが、進学コースをあきらめねばならなかった家庭の事情があってのことだ。

長男は得をし、次男は貧乏くじをひいたようなものだったのに、成二は決して苦情をいったことがなかった。

東京の兄の家へ遊びに来ても

「兄さんは秀才やったけど、わたしは勉強のほうは、全然駄目のがき大将でしたよって」

と学歴の差別を笑っている。

京都の丁稚《でっち》時代も、さぞかし苦労が多かったであろうのに、給料日に、はじめて仲間とキャバレーへ行って、すってんてんになってしまった話だの、パチンコ屋で景品にチョコレートというのが恥かしくて、煙草を受け取ったものの、吸ってみたら矢鱈《やたら》、けむいばかりで腹の足しにならず、がっくりしたなどというのを、面白可笑しく、しかも、楽しげに話す。

そして、そんな丁稚時代に、なにより嬉しかったのが、兄の成一から送ってくるこづかい銭と手紙で、何故かつらいことのあった後に、必ず、成一から手紙が来て、それが、どんなに嬉しかったかと、しんみり語るのであった。

そんな成二に、はるみは義弟として好意を持っていた。

彼が来た時は、前々から少しずつ聞いておいた彼の好物を用意してもてなすようにしていたし、洋菓子の好きな彼のために、東京の旨いという評判の店のチーズケーキやパイなどを土産に用意した。

兄弟の仲は、ずっと円満だったたし、はるみと成二の関係も、義理の息子の誠より、はるかに打ちとけて、親しくつき合って来た。

夫の歿った今も、はるみの気持の中には、誠は信用出来ないが、成二なら安心して、なにもかも打ちあけることが出来るという信頼感がある。

成二の知人である弁護士に、相続問題を一任しようと思ったのも、成二の親切を素直に受けたいと考えたからであった。

成二は、喜んで、すぐその場から浜松の弁護士に電話をしてくれた。

はるみは安心して、彼のために新しいお茶を入れた。

姉の、岩下けいがやって来たのは、翌日の午前中であった。

重そうに下げて来た買い物籠には、近所の高級スーパーで買って来たらしい肉や野菜や果物がぎっしり入っている。

「ちょっと、これ、冷蔵庫へ入れとくわよ」

ベランダの掃除をしていた、はるみに声をかけて、その冷蔵庫から勝手に麦湯を出して飲んだ。

「要介がね、あんたが少し痩せたようだって気にしてるのよ。一人暮しで、ちゃんと食事をしていないんじゃないかって……」

それで食品の差し入れなのか、と、はるみは今更ながら、肉親の思いやりに感謝した。

「そんなに痩せやしませんよ、もともと肥りすぎなんだから、この際、十キロぐらい痩せてくれたら助かるわ」

客が姉だから、気がねなく、ベランダの掃除を片づけて、はるみは笑った。

「体悪くしたら、元も子もないのよ。これからは体だけが資本なんだから……」

買って来た苺を冷水で洗って、器に盛り、砂糖とミルクを添えて、テーブルまで持ってくる。

「実はね、昨夜、柳川さんから電話があったのよ」

いろいろ話したかったが、法事の時も、会食の際も、人がいたので遠慮したという前口上で
「遺産相続のこと、心配して下さってね。静岡の誠さんとうまく行ってるならいいが、もし、厄介なら、この際、専門の弁護士を紹介してあげましょうって」

柳川が、そんな心配をしたのは、おそらく静岡の誠が、いつぞや、直接、役所へ電話をして亡父の退職金の額だの、支払日だのを問い合せて来たことなどから、はるみにとって生さぬ仲の息子が金銭に関して、かなりドライな感覚を持っていると察してのことに違いなかった。

「御親切は有難いけど、そのことなら昨日、成二さんが知り合いの弁護士さんに頼んでくれたの」

姉と向い合って、苺をつぶしながら、はるみはいそいそと昨日の顚末を話したが、けいの表情は忽ち険悪になった。

「そりゃ、あんた、少し軽率だわよ。よりによって成二さんの知り合いの弁護士なんて」

はるみは驚いて、姉の顔をみた。

「どうして……」

「どうしてもこうしても、あんたのお人よしにも困ったものね。静岡の誠さんのお腹の中は、わかってるじゃないの。少しでも、よけいに自分が遺産相続をしたい。あんたには、やりたくないって気持が、みえみえなんだから……」

「そのくらい、あたしだって気がついてますよ。だから、成二さんが心配して、泥仕合にならないようにって専門家を……」

「成二さんが、あなたと誠さんとどっちの味方かわかりそうなものだわ。成二さんと誠さんは血の続いた叔父甥の仲ですよ」

その成二の紹介する弁護士なら、どうしても、誠に有利なように財産分与をするに違いないと、けいは推量する。

「そんなことはありませんよ。成二さんは、静岡のやり方を怒って、あたしの立場を心配してくれたのよ。それに、その弁護士さんの話だと、うちの場合、退職金は相続分に入れずにすむだろうって……」

「へええ」

流石に、それは初耳だったらしくて、けいはひるんだ。

「じゃ、あんたが渡しちゃった三千万は、どうなるの」

「誠さんの相続分から差っ引くのよ」

他にも、これまで彼のために出してやった金の中、相続とみなされる分もあるのだと はるみが説明すると、けいは力強くうなずいた。

「それは、柳川さんもいってたわよ。とにかく、法律を知らないで、義理の息子のいいなりになると、大変だからって……」

それにしても大丈夫だろうかと、けいはスプーンを手にしたまま、考え込んだ。

「最初、うまいことをいって、あんたを安心させて、あとは弁護士と組んで、いいようにするって方法もあるのよ」

「成二さんは、そんな人じゃないわよ」

昨夜、はるみの前で、弁護士に電話をした成二の言葉を、はるみはけいに告げた。

「誠さんは、すでに静岡でお医者としてちゃんとやって行けるんだから、そのことを考えて、あたしのさきゆきに不安のないようにしてあげて下さいって……」

「口では、どうにでもいえますよ」

「でも、法律で分け方なんか、きまってるらしいじゃないの」

「弁護士の匙加減《さじかげん》でどうにでもなりますよ」

なんにも知らないんだから、とけいは苺を食べている妹を眺めた。

「はるみは、今まで生活の苦労ってものを知らずに、のんびりやって来たからお金の有難味がわからないのよ」

世の中、せちがらいんだからといわれてはるみは苦笑した。

「そのくらい、あたしだって知ってますよ。でも、姉さんみたいに人を疑ってかかったら、きりがないわ」

「後悔しても知りませんよ」

「成二さんは大丈夫……」

「柳川さんのほう、ことわっていいのね」

「すみませんが、そうしてちょうだい」

口では、はっきりいってのけたものの、姉が帰ってしまうと、はるみは不安になった。

たしかに、成二は、誠の肉親である。はるみとは、義理の間柄、血脈からいえば、赤の他人であった。

同じ日、浜松では、成二が一日を義姉のために走り廻っていた。

弁護士を訪問し、明日、自分と一緒に上京して、はるみに会ってもらうことも決めた。

若狭という弁護士は、成二と小学校の同級生であった。

東大を出て、暫く東京の法律事務所で働いていて、浜松へ戻って来て父親の跡を継いで弁護士を開業した。

特に切れものの感じはなかったが、実直で誠実な人柄であり、ねばり強い弁護ぶりにも定評があるという。

かなり多忙なのに、成二の依頼を気持よくひき受けてくれたし、上京するについても
「ちょうど、東京へ行く用事があるから」

と成二に、よけいな気を使わせない。

相続のことも
「そりゃ、息子さんは生みの母親でもない女が、父親の財産を持って行くように考えて基本的に面白くないんだろうが、法律は子供が三分の二、妻が三分の一と、子供に有利な分け方をしている。まして、一人っ子なら三分の二を全部、自分が相続出来るんだしここは一つ、すっきりと義理あるお母さんに情のあるところをみせて上げるべきだよ」

と、成二がいいたくてもうまくいえないことを的確にいい切ってくれる。

「成一さんも、遺言を書く年齢じゃなかったから無理はないが、遺言があると楽だった。女房と息子が生さぬ仲というのは、概して相続の時、トラブルが起りがちなものだから……」

「こんな世の中でも、遺言なんか通用するんかいな」

成二にとっても、遺産相続に弁護士の尽力を得るのは、はじめての経験であった。

自分達の亡父の財産は、兄弟で話し合って、すんなりと分けたものである。

「遺言は特効薬みたいなものなんだよ。殊に当人の死後の財産分けには効能を発揮する。但し方式に従った手続きをふんでいる場合の遺言書だがね」

「方式って、どんな……」

「一番いいのは、公証人が入って作る遺言書だろうね。自分だけで遺言書を作る場合は、まず自筆であること、日付を忘れないこと、当人のサインがあって、印を押しておくこと、どの一つが欠けても無効になるから気をつけないと……」

「そんなもんで効力を発揮するんかいな」

「遺言で出来ないのは、誰と誰を結婚させろとかいうのは駄目なんだ。むかしはよくあったらしいがね、それと、生命保険の受取人を変えるなんてことは出来ない」

逆に遺言で出来るのは、相続分の増減で
「法定相続じゃ、妻が三分の一、子供が三分の二だが、遺言で二分の一ずつに変えることも自由なんだ。財産の中、なにを誰にやるかという指定も出来る」

「兄さんも遺言を書いておけばよかったんやなあ」

「まあ、六十前で歿るとは、まわりも当人も思ってもみないだろう」

そんな話をして、成二は我が家へ帰って来たのだが、明日、もう一度、上京するという話を良子にすると、露骨にいやな顔をされた。

「なんで、あなたがお兄さんの遺産相続に立ち合わなけりゃなりませんの」

「そやかて、放っといたら、誠が不義理なこと、しかねんやろ」

「そんなことは、誠さんとお義姉さんの話し合いで決めたらいいじゃないですか。お義姉さんかて、ご姉妹が居るんやし相談する者が居らんこともないでしょう」

「弁護士さんを紹介して上げることに決めたんや」

「一文の得にもならないのに……お金のことは、うまく行っても、どっちからも怨まれるもんですわ」

良子のいうのは真実だと思いながら、それでも、成二は引くわけには行かなかった。

自分に頼り切っていた、兄嫁の顔が目に浮ぶ。

「大体、昨日の法事かて、わざわざ上京することなかったのと違いますか。あちらの跡取りは誠さんなんや。誠さんが初七日はせんというてるのに、おうちが東京まで法事に出て行ったら、誠さんかて、いやな気がしますやろ」

「そんなことはないよ」

成二も少々、声を大きくした。

「わたしも誠も出席せなんだら、それこそ義姉さんの身内や、兄さんのお友達に顔むけのならんところや。大体、初七日をせんいうのからして可笑しいんやないか」

「でも、それは、誠さんの都合でしょう」

「年若の者が、けじめのないことをしたら年上の者が、かばわなあかんもんや」

「私は、誠さんたちに怨まれるのはいやですよ」

格別、親しいというわけではないが、良子は、誠の妻の万里子と女同士のつきあいがある。

「万里子さんからは、よく頂きものもしていますのよ」

それは初耳であった。

甥のところから、盆暮に贈物があったという報告を、成二は受けていない。

「お中元とかお歳暮いうのと違いますわ。あちらの実家のお父さんがヨーロッパへ行かはったいうて、ハンドバッグや香水、お土産にもろたり、この頃は、いろいろお世話になるからいわはって、舶来物のブラウスやら……」

「いったい、なんのお世話をしてるのや」

成二は、いささか不機嫌に訊いた。

そういえば、亡兄の葬式の時も、良子は甥の嫁とべったりくっついて、しきりになにか話し合っていたような気がする。

「進学のことですねん。受験のこととか、家庭教師のことやわ」

「静岡の……誠のところは、まだ小さいやないか」

「もう五歳ですよ」

「五歳から、受験かいな」

「小学校を、どこへ入れるかで、大学までのコースが決ってしまうものですわ。大体うちは、それで随分、損をしてるんです」

たしかに、地方の都市では一流校の、いわゆる一流コースがはっきりしていた。小学校がどこなら、中学校はどこ、高校はこのコースと進学の目標は、かなり正確に路線が敷かれている。

途中からの割り込みはむずかしかったし、実際、不利であった。

そんな話は、成二もしばしば聞かされていたが、まさか五歳の子供のために、家庭教師の相談が必要とは思ってもみなかった。

「あちらは、いずれ、守ちゃんをお医者にするつもりでしょう。大変ですよ。お医者さんコースは……」

金もかかるが、競争率も大変で、親も子もよくよく性根をすえてかからないと、間に合わないと良子はいった。

「そのかわり、お医者の資格さえ取ってしまえば、あとは少々ヤブでもタケノコでもかまわんのですて」

親しくつき合っていて、時々は高価な贈物も受け取っているくせに、女同士は男よりもドライで、平然とそんな憎まれ口も叩く。

良子の口ぶりには、明らかに医者の裕福な暮しぶりを羨むものがあった。

「誠のところ、そんなに景気がいいのか」

「駿河平いうような一等地にデラックスな家建ててはるんですよ。お金がのうて出来ますかいな」

しかし、その金は父親の退職金であった。

「ほんまのことといいますけど、誠さんとこはお金がのうて、お父さんに無心しはったのと違います。お父さんの生きてはる中に、貰うもの貰うておかんと、お母さんのええようにされてしまういう心配からですわ」

はっきりいえば、生さぬ仲のはるみに、父親の金を自由にされる前に、自分達が少しでも取れるものを取っておこうという魂胆だと、良子はすっぱぬいた。

「ほんまかいな」

「生さぬ仲というのは、ややこしいもんですて。うちも気をつけんといけませんなあ」

良子がいったのは、養女にもらった花緒のことだったが、成二はいよいよ甥夫婦に対して怒りが湧いて来た。

親の生きている中に、取れるだけ取っておこうというのは、どういう了見かと思う。

妻がなんといおうと、東京のはるみの力になってやろうと、成二はひそかに決心した。

たとい、その結果、甥夫婦と気まずくなることがあっても、非はむこうにあるのであった。

成二に、やましいところは何一つない。

成二の東京通いが、はじまった。

最初は弁護士を紹介しただけだが、遺産相続のためには、故人の財産目録をまず書き出さねばならない。

夫婦の財産の中、どこまでが歿った成一の名義になるのか、それらをどんなふうに分けたら、はるみのためになるのか、成二も真剣に考えた。

はるみは、貯金から株券から、ありとあらゆるものを、平気で成二に公開した。

自分名義の貯金から真珠の指輪までみせる。はるみの人のよさに、成二はいよいよ、この義姉を守ってやらなければという気持になった。

成二がもし、弁護士とぐるになって兄の遺産をいいようにしようと思えば出来ないことではない。

はるみは、そんな警戒を一切、持たないようであった。

信頼に対して信頼で応えようと成二は心を決めた。

亡兄の遺産に関しては、妻の良子にも話さなかった。

遺産相続だけではなく、税金対策もしてやらなければならない。

一人ぽっちになった、世間知らずの兄嫁のために、成二がしてやらなければならないことは、山ほどあった。

第一、成二が上京しただけで、心からほっとしているはるみなのである。

兄が生きている時から、そうだったが、はるみは身の廻りのことに、よく気のつく女であった。

彼女の料理は、良子が作ってくれるものより、遥かに成二の舌に合った。

良子は、子供達が好きだからといって、週の中に二度も三度もカレーやとんかつを献立に並べる。それにハンバーグとすきやきと、魚の焼いたのを加えると、浜松の青山家の一年の料理が出来上ってしまう。

六助の大学進学に、良子がかけまわるようになって、家の中はどこか殺伐としていた。

成二のワイシャツのボタンがとれかけていたり、ズボンのプレスが出来ていないことが多い。

家事は花緒にまかせっぱなしだし、その花緒は、スッポンの養殖のほうも手伝っているから、父親の世話まで行き届かない。

成二のワイシャツや下着に、はるみが気をくばるようになった。

はるみのアイロンかけは、玄人はだしであった。姉のやっているコインランドリイでこつをおぼえたとかで、ワイシャツなどは専門の洗濯屋のように、ぱりっと仕上る。ズボンのプレスもうまかった。

上着はすっかりブラシをして、汚れる衿や袖口はベンジンで丹念に汚れ落しをしてくれる。次第に、成二は東京へ行くのが、たのしみになった。

青春

岩下要介は、このところ、急にお洒落になり、まめまめしくなって、いそがしげになった。

もっとも、そんな彼の変化に家族の誰もが気がついていないようである。

日曜ごとに、彼は新幹線で西下した。行く先は大方、静岡である。

上り線のホームと下り線のホームと、どちらの階段を下りて来ても、同じくらいの距離のところに、待合室がある。

そこが、二人の待合せ場所であった。

花緒が先に来ていることもあるし、要介が待つこともある。

新幹線は殆んど二十分おきぐらいにダイヤが組んであるから、待つといっても何分でもなかった。

二人の間に日曜ごとのデイトの約束が出来たのは、二人がはるみの家で鉢合せをして以来である。

あの日、要介は、花緒を東京駅まで送って、次の日曜にどこかでデイトしたいと申し入れた。

「浜松は駄目よ。大抵、知ってる人に会うわ」

男女の交際が、これだけおおっぴらになっていても、地方都市は、まだ人の口がうるさいと、花緒はいう。それで、はじめてのデイトは東京のデパートのエジプト展にした。

「僕は東京でもかまわないが……毎週、東京へ来るのは大変だな」

時間的にも経済的にも、なるべく花緒の負担にならないようにしたいと、要介は考慮した。

「静岡は、どうだろう」

日本平あたりから富士山を眺めたら、さぞ気持がいいだろうと、要介は提案した。

「誠さんの家があるけれど……」

花緒はまだ心配そうだったが

「僕は誰にみられたってかまわないよ。別にやましいことはない」

要介が押し切った。

で、今のところ、二人のデイトの場所は静岡にきまっていた。

実際、静岡市の郊外には若い二人がデイトをするには、おあつらえむきの場所が少くなかった。

日本平から久能山へかけての雄大な風景も要介には気に入ったが、花緒の案内で、在原業平の東下りなどで知られている平安時代の官道、蔦ノ細道へ出たり、旧東海道の宇津ノ谷峠へハイキングしたり、けっこう、健康的で楽しいデイトをくり返して来た。

どっちかというと、要介よりも、このあたりは花緒のほうがくわしいので、デイトのリーダーシップは自然、彼女がとることになった。

それで、要介も充分、満足している。

日曜は二人のために上天気続きであった。

今日も晴れていると、要介は新幹線の窓から富士山を眺めていた。

今週は、殊に一週間が待ちどおしかった。

たまりかねて、水曜日に電話をしたのだが、電話口に出た花緒は、はい、と、いいえの他には、はかばかしく返事もしない。

近くに誰かがいるのだと判断して、勝手に喋って、勝手に切ったが、中途半端に彼女の声をきいた分だけ、欲求不満になった。

昨夜などは、いよいよ明日は花緒に逢えると思っただけで、興奮して寝そびれたほどである。

我ながら、だらしのないほど惚れたものだと思う。

女性とつき合ったのは、勿論、はじめてではないし、意気投合してホテルまで行った女も何人かいる。

遊びだった場合もあるが、本気で好きになって、そのまま続いたら結婚まで行ったかも知れない女もあった。

だが、今の要介は花緒に夢中であった。

寝てもさめても、頭に浮んでくるのは花緒だけである。

花緒は、自分をどう思っているのだろうかと要介は不安になった。

大体、これまでの要介は女にはもてるほうで、女のほうから接近し、女のほうから誘ってくるから、相手が自分をどう思っているだろうかと考えて不安になるなぞということは、まず、皆無であったのだ。

毎週、デイトに出てくるのだから、満更、嫌われているわけではあるまいと、要介は計算している。

が、好かれていると判断するほどの材料にはならなかった。

今の女は、デイトを即、恋や結婚に結びつけない。

青春をエンジョイするために、男友達ともつき合うし、二人きりでハイキングにも行く。

この前の日曜、宇津ノ谷峠へ登った時、急坂を要介は花緒の手をひいて行った。

自然にそうなったのだが、要介は彼女の手を握っていることで、大いに意識したのに、花緒のほうは、なんでもなさそうであった。

特に照れくさそうでも、恥かしそうでもない。

男と手をつなぐことに馴れているのだろうかと、要介は邪推した。

それにしても、花緒の手は小さくて弾力があり、指先にしなやかな力があって要介は胸をときめかした。

そんな気持になったのも、要介にとっては初体験である。

ぼんやり考え込んでいて、要介は慌てて立ち上った。

列車はすでに静岡駅へ着いている。ひかり号をやりすごすために、停車時間がやや長かったからよかったようなものの、普通なら乗り越すところであった。

要介が驚いたのは、慌ててとび下りたホームに、ぽつんと花緒が立っていたことである。

いつもは、待合室で待つ筈であった。

「心配してたのよ、この列車の筈なのに、下りて来ないから……」

「考えごとをしていてね、着いたのに気づかなかったんだ」

自然に花緒の肩へ手がかかって、そのまま階段を下りて行く。

「今日は、どこへ行く」

「先週、丸子《まりこ》の宿《しゅく》をみたいっておっしゃったでしょう」

「ああ、そうだ」

丸子の名物のとろろ汁を食べてみたいと要介がいったのを、花緒はちゃんとおぼえていた。

「とろろ汁は、あとのおたのしみ。お昼はお弁当を持って来たの」

花緒は、いつものバスケットを抱えていた。

お茶の入った水筒も用意している。

先週、宇津ノ谷峠のハイキングの時も、そうであった。

水筒を取って、要介は肩にかけた。

「バスケットも持つよ」

手を出したが、花緒は笑って渡さない。

バスで、まず二軒家入口というところまで行った。

ここは先週も通った場所である。

ゆっくり歩いても十分もかからないところに誓願寺がある。

丸子大鑪《おおだたら》の誓願寺といえば、源頼朝の創建といわれる歴史の古いものである。

境内に片桐且元の墓があるのは、慶長年間、京都方広寺の鐘の銘に徳川家からいいがかりをつけられた際、豊臣家の使者として且元が駿府に至り、申しひらきをした折、この寺に滞在したという因縁のためらしい。

日曜なのに、寺内はひっそりしていた。

「お寺まわりも悪くないな」

花緒と歩いているのなら、どこでもよかった。

彼女が、あらかじめ調べて来たらしい、寺の歴史をきき、木立の間を肩を並べて歩いているだけで、或る程度の満足感は得られる。

「こないだ、電話して、まずかったかい」

思いついて、要介は訊いた。

受話器のむこうの花緒の声は、遠慮がちで、そっけないくらいだった。

「ごめんなさい、近くにお母さんがいたものだから……」

「かまわないじゃないか。知らない仲じゃなし……」

「でも、あたしが要介さんとつき合っていること、まだ、誰も知らないのよ」

「日曜、デイトしてるのも、内緒か……」

「いいにくいの」

「どうして……」

「なんとなくよ」

まぶしそうに、花緒は鼻の上をちょっとしかめた。

「それじゃ、日曜、なんていって出てくるの」

「お友達とハイキングだって……」

「ボーイフレンド……」

「あたし、女子高だったから、ボーイフレンドっていないの」

「女子高だって、ボーイフレンドぐらい、作れるだろう」

「大抵の人はいたけど、あたしはつき合わなかったから……」

「どうして、つき合わない」

しつこいと思いながら、要介は追及した。

花緒の今日までの青春を、なにもかも知りたいと思う。

「だって……あの……つき合えなかったの」

「だから、どうして……」

花緒は、彼女独特の、どこか哀しみのある笑顔を浮べた。

「家の手伝いをしたかったから……」

「家の手伝い……」

「スッポンの養殖って、そりゃ手がかかるものなのよ」

一番、忙しいのは春から夏だが
「その他の季節でも、けっこう大変なの」

「従業員がいるだろう」

「でも、やっぱり、家族が気をつけていないとね」

要介は、彼女の立場を理解した。

養女というのは、そんなところに気を使うのかと、花緒がいじらしくなる。

家の手伝いをしなければならないといわずに、手伝いをしたいと表現した彼女の心づかいも好きだった。

花緒のそういうところに、惚れてしまったのだと思う。

「ボーイフレンドも出来なくて、寂しくなかった……」

「少しはね。それに、かっこ悪かったのよ、いい年をして、ボーイフレンドの一人もいないなんて……」

「今は、かっこいいわけか」

冗談らしく、要介は笑った。

男に免疫がないというのは有難かったが、ひょっとすると、花緒は要介を男性として扱っていないのではないかと心配にもなる。

女ばかりとつき合って来た娘は、親類の青年も、その延長で考えているのかも知れなかった。

「この先に丸子城のあとがあるの。そこで、お弁当にしようと思いますけど……」

「勿論、賛成だ」

バスケットは、上り道になって要介が持った。

今日も、この前にならって、さりげなく花緒の手をひいてやる。

「要介さんには女の人のお友達が沢山いらっしゃるんでしょう」

一足あとを歩きながら、花緒がおそるおそる、たずねた。

「いたこともあるけど……今はいない」

要介にとって、花緒は女友達ではないといいたかったのだが、花緒には、もう一つ、ぴんと来ないようであった。

「要介さんって、もてるんでしょう」

「そうでもないよ」

満更でもなかった。

道は次第にせまくなって来た。

両側は木立が、こんもりとしている。人影はなかった。

「花緒さんだって、もてるんだろう」

「あたしは、つまらない女だから……」

「そんなことはない」

「不思議なの、どうして、要介さんがあたしみたいな美人でもない、ひっこみ思案の女とつき合って下さるのか」

「君は、きれいだよ」

花緒の足が、ちょっと乱れた。

「あたしに、ききたいことがあるんじゃありませんか」

「ききたいこと……」

要介が立ちどまり、花緒がそれにならった。

「ききたいことって……なにさ」

花緒は、うつむいて体の向きを麓のほうへ変えた。

遥かに国道一号線や町並みがみえる。

「あの……たとえば」

くちごもり、花緒は勇気をふるいおこすようにして続けた。

「東京の、はるみ伯母さまと、誠さんと遺産分けのことで、ごたごたしてるでしょう」

弁護士を立てたことは、要介も知っている。

弁護士は、青山成二の紹介であった。

「たとえば、うちのお父さんが、本当は、どっちの味方なのかってこととか……」

勘のいい要介には、大体、花緒のいいたい意味が、それでわかった。

「そうすると、君は、僕がはるみ叔母さんのために、君に接近して、君から遺産相続に関する情報みたいなものを探り出したいと思っているって考えたのか」

「心配なさっていらっしゃると思うの。だって、うちのお父さんは、本来なら、誠さんの身内なんですもの」

「あきれた人だな」

要介は嘆息をつき、バスケットを草の上へおいた。

「それじゃ、僕はスパイじゃないか」

「そんな意味じゃないけど……」

花緒があわてたように、ふりむいた。おどおどと要介を見上げている。

「怒ったの」

返事のかわりに、要介は自分の衝動に忠実に行動をおこした。

花緒の肩を両手で摑んで、一思いにひきよせる。

なにをされるのかと、上を向いた花緒の顔へ、いきなり顔をかぶせた。

肩へかけていた手を、彼女の両頰にあてて、思いきり唇を吸った。

だらりと下っていた花緒の手が、唇がはなれたとたんに、大きく動いた。

よく、しなう手が要介の頰に平手打ちである。

不意だったので、要介はよろけた。

真赤な顔をして、花緒は要介をみつめていた。

自分がなにをしたのかもわかっていないような混乱し切った女の顔が、みるみる悲しげになって

「ごめんなさい、怒らないで……」

遮二無二《しやにむに》、要介にしがみついて来た。

あっけにとられながら、要介は彼女の背中に手を廻した。そうしていないとひっくりかえりそうになる。

「好きです」

胸の中で、花緒が泣き声でいうのが聞えた。

「いや、怒らないで……」

要介は漸く女心を理解した。

力まかせにしがみついている女の体を、そっと、すくい上げるようにして、今度は余裕のある、甘美なキスをした。

花緒の体から力が抜けて、涙のあふれた顔で、びっくりしたように、要介をみている。

「眼はつぶるものだよ」

唇をはなして教えると、素直にいそいで眼を閉じた。

三度目のキスは、要介自身、ここまで行っていいのかと不安になるほど、濃厚であった。

人の声が下から聞えて来なければ、要介の情熱はどこまでエスカレートしたか、わからない。

バスケットを取って、ぐったりしている花緒を抱えるようにして歩き出した。

幸いにして、頂上は、すぐであった。

適当な場所をさがして小休止しながら、花緒にささやいた。

「口紅ついてないか」

花緒はきょとんとし、それから意味がわかって、恥かしそうに要介の口許をみた。

「ついていないと思うけど……」

バッグからティッシュペーパーを出す。

受け取って唇を拭くと、ほんの僅かにピンクがついた。

花緒は、うっすらと淡い色の口紅をつけている。

女ばかりのグループが上って来た。

ちらりと二人のほうをみて、ふんという顔をして通りすぎる。

「いい景色だな」

僅か一三六メートルというのに展望はいい。

手前にみえるのが丸子の宿だと、花緒が教えた。

そのむこうに静岡市もみえる。

花緒が、戸惑いながら、要介の握りしめた手に応えた。

「愛しているよ。気が可笑しくなりそうに、君が好きなんだ」

「あたしも……」

花緒が切なげに訴えた。

「どうしていいかわからないほど、あなたが好き……」

すわったままで、要介はもう一度、接吻した。さっきの女のグループが、どこかでみているかも知れなかったが、それも、もう気にならない。

ブラウスの中で、花緒のこんもりした胸が苦しげに息づいているのをみると、要介はたまらなくなった。

といって、ここでこれ以上の行動に出るほど破廉恥にもなれない。

幸か不幸か、そのあたりからぞろぞろ人が上って来た。

やはり日曜日である。

頂上で花緒の作って来た弁当を食べ、今度は吐月峰《とげっぽう》のほうへ下った。

吐月峰には柴屋寺《さいおくじ》がある。

手をつなぎ合って、二人は歩いた。

つなぎ合っている指先から心が通い合うような気がする。女と手をつないで歩いたことは、何度もあったが、そんな気持になったのは、はじめてであった。

うっかり、要介が、そのことを口にすると、花緒が眼を怒らせた。

「そんなに何人もの女の人と手をつないで歩いたの」

小さな顔を赤くして怒っているので、要介は可笑しくなった。

「別に深いつき合いじゃない」

「深いおつき合いじゃなくても、手をつなぐの」

「幼稚園の時なんか、みんな手をつなぐじゃないか」

「そんなんじゃないわ」

花緒は、案外、やきもち焼きの女房になるかも知れないと、要介は思った。

それも悪くない。

丸子の宿場をみて、とろろ汁を食べたのが三時であった。

なにしろ、人のいないところを探して歩いては、キスをし続けたので、時間のかかることおびただしい。

「お別れね」

花緒が、しょんぼりと呟いた。

「又、一週間、会えないの」

その思いは、要介も同じであった。

「水曜あたりに、又、来ようか」

料理学校をさぼるのは、なんでもない。目下のところ失業保険もきいているので、こづかいも、そんなに窮屈ではなかった。

「あたしは駄目よ。日曜ごとに出かけるのだって、とても気を使うの」

家事を、つい、おろそかにしていると、花緒は情なさそうにいった。

「君が、家のこともするの」

「お母さんは、外出が多いのよ」

六助の進学で、多忙中の多忙だと、花緒はいった。

「なるべく早くに結婚しようか」

心にひらめいたのが、すぐ口に出た。

慎重な要介にしては、我ながら思いがけないことでもある。

前から知っていたとはいえ、デイトの数回で結婚を考えるというのは、年貢の納めどきのような気がする。

花緒は、要介をみつめ、忽ち、涙を浮べた。

「本気なの」

「なにが……」

「結婚……」

「勿論」

「信じられないわ」

「俺は、自分の言葉を信じるよ」

花緒が両手を顔に当てたので、要介は慌てた。

とろろ汁の店の中である。別れ話でもして、女を泣かせているように誤解されかねない。

しかし、花緒はすぐ笑顔になった。

「ごめんなさい、あたし、今日、どうかしちゃったの」

駅までのかなりの道を、二人は歩いた。

地の果まで歩いて行ってもいいような気持であった。

青春というものであろうか。

その年齢を通り越した人間には、考えられない情熱とエネルギーである。

それでも、静岡で別れがたく、結局、要介は浜松まで、花緒を送った。

「ごめんなさい、来週、また……」

嬉しげに手をふっている花緒を残して、上りの新幹線に乗ると、やっと、いつもの要介に戻った感じである。

えらいことになったという気持もあった。

キスをしただけで、結婚に飛躍してしまったのであった。

後悔するわけではないが、彼自身の生活設計からすると、結婚にはいささか早かった。第一、つい先頃、婚約解消をしたばかりである。職もない。

「やばいな」

呟いたのは、母親の顔が目に浮んだからである。

悪いことに、今のところ、岩下けいは、浜松の青山家に対しても、あまりいい感じを持っていない。

むしろ、花緒が心配しているように、青山成二のはるみに対するお節介に充分すぎるほど疑いを持っている。

「はるみは、きっと成二さんに欺されるわよ」

というのが、このところの母親の口癖だし
「どうして、ああお人よしの馬鹿なんだろう。あとで泣いたって知らないから……」

と妹の善良さに舌打ちしている。

花緒は、青山成二の養女であった。

恋一筋で、あまりよそ見をする余裕のなかった要介だが、そう考えてくると、いささか、青山成二という男が心配になって来た。

彼がもし、母親のいうように、はるみを欺して、甥の都合のいいように遺産相続の手を打っているとしたら、大変なことになる。

東京駅へ着いたのが、七時すぎで、要介はそこからまっすぐに、はるみのマンションへ直行した。思いつくと、すぐ実行に移すのが、彼の長所であり短所でもある。

はるみは部屋にいたが、一人ではなかった。

ダイニングルームのテーブルに向って成二が、嬉しそうな顔でビールを飲んでいる。

テーブルの上には、はるみの手料理が並んでいた。

二人は差しむかいで食事中だったのである。

「要介が来ましたのよ」

はるみが、いつものおっとりした声でいい、成二が立ち上った。

「こりゃ要介君、すっかりお邪魔してますのや」

はるみが要介のために、コップと箸を持って来た。

「あんた、食事は……」

「三時に飯くったから……」

それでも、はるみはいつものように、自分の料理の皿を要介へ廻し、ビールを注いでくれる。

「成二さんのおかげで、なにもかもすっきりしそうよ。弁護士さんが、とてもいい人でね、あちらにも不義理にならず、お上のきめた通りに、相続が出来ますって」

こぼれそうな微笑は、成程、けいのいう通り、お人よしで、人を疑うことなど、まるで考えていない顔である。

「どんなふうに、分けることになったんですか」

油断なく、要介は成二の顔をみた。

「要介君に、みせてかましまへんか」

成二がテーブルのすみにある書類へ手をのばしながら、一応、はるみの許可を求めた。

「ええ、ええ、この子はあたしの息子みたいなものだから……」

はるみは自分でその書類を受け取り、要介にみせた。

「あたしが一番、心配だったのは、浜松の土地のことでね。誠さんは土地を相続したら、すぐ売ってしまうつもりだったらしいのよ。浜松のほうの不動産屋に、話をしていてね。でも、あたしは、あの土地は歿った主人が愛情持ってたし、御先祖さまからの土地なんだから、せめて、あたしの生きてる間だけでも、人手に渡したくなかったの」

「お義姉さんが、そうおっしゃって下さって、歿った兄貴も、さぞ安心してますやろ。わたしも、ほっとしましたわ」

初老の二人は、もう、かなりビールがまわっているらしい。

書類を、要介は丹念に読んだ。

結局、はるみの手に残るのは、浜松の土地のすべてと、このマンションに、退職金などの一千万円ちょっとであった。

誠の取り分は、額面ではかなりな額になっているが、実際には、これまで彼が結婚や開業の度に父親から出してもらった金額をさっぴいているので、現実には株券や、成一名義の貯金と、先立って貰って行った三千万円でかたがついてしまっている。

「わたしは遺産相続のこと、なんにも知らんで、兄さんの遺産の中、誠が相続する分の中から、これまでもろた分を差引くのやと思うていましたら、そうやなくて、先にもろうた分の金額を兄さんの遺産に足して、それを三分の一と三分の二に分けよるそうですわ」

成二が説明するそばで、はるみが何度もうなずいている。

悪くない配分だと、要介は判断した。

たしかに、はるみのために公平を期した分け方のようである。

浜松の土地の評価も、要介が思ったよりずっと低くなっている。

「奥浜名のあたりは、まだまだ開発途上やけども、いずれはレジャー開発がすすむそうで、土地は持っていれば、値上りするそうですわ。義姉さんの老後には、きっと役に立ちますやろ」

一円の遺贈を受けたわけでもないのに、成二は自分のことのように安心している。

「なんぼ、沢山の遺贈を受けたかて、義姉さんのこれからを思うたら、お金ですむことやない……、なんぼ、お金があったかて、一年一年ごとに寂しゅうなって行くのに、どうして誠に、その思いやりがないのんか」

「税金は、どうなりますか」

現実的なことを、要介は訊いた。

「そら、大丈夫です。奥さんの相続税は、遺産の三分の一までなら、かからんそうや」

わざわざ、税金の本まで示して説明した。

八時をすぎると、成二は、九時の新幹線が最終だからといい、仏壇に香を供えて、あっさりマンションを立ち去った。

「本当にいい人よ。成二さんのおかげで、あたし、やっとすっきりしたわ」

はるみが感謝をこめていい、要介も成程と感じた。

彼がみても、成二の態度に不審な点はなにもない。

「申しわけないと思うのよ。高い新幹線の足代払って、何度も上京してくれて……お礼をしても、全然、受け取ってくれないの。あんたから姉さんにいってちょうだい。姉さんからも、成二さんにお礼をいってもらいたいって……」

要介は、ほっとしていた。

少くとも、この分ならば、花緒と敵同士になることはあるまいと思う。

残るは、生活設計であった。

孝行息子

一家の主人が死ぬと、まず郵便物の数が減ってくるものらしい。

毎日のように、マンションの郵便受に放り込まれる郵便物はろくなものがなくて、大方は宣伝用のパンフレットやカタログのようなもの、ダイレクトメールにPR誌などで、その殆んどは右から左へ屑箱を満杯にし、焼き捨てるか、ちり紙交換の際に処分するかで、主婦にとっては決して有難くなかったのに、夫の死後、一日ごとに郵便物が減って行くのは、なんとも寂しいものであった。

はるみの場合、郵便物はマンションの玄関脇にあるメールボックスまで取りに行かねばならない。

郵便が来るのは、大抵、午後だったし、成一が生きている時分は、必ず夕食の仕度に、一日一回は近くの市場へ出かける習慣だったので、買い物の帰りに郵便物を出して部屋へ持って帰った。

女の一人暮しになってみると、食事にそう手間ひまかけるのも面倒くさく、浜松から成二の上京して来た時でもない限り、スーパーへの買い出しは二日に一度、三日に一度で充分、間に合ってしまう。

で、郵便物を出すのは、大方、夕刊を取りに行く時と一緒になった。

別に一刻を争う郵便物など、滅多にあるわけがない。

その午後に、はるみがメールボックスをあけたのは、たまたま、前日から箱根へ旅行していての帰宅時のついでであったからだ。

箱根は、姉のけいが誘ってくれたもので、まあ遺産相続もなんとか片づいたし、未亡人になった妹を慰安してくれようという姉の親切からには違いないが、姉妹二人が温泉につかって、一つ部屋に向い合っていれば、話題は当然、これからのはるみの生活に関することになり、それも、これといっていい智恵も浮ばないまま帰京するという、あまり、すっきりしない旅の終りとなってしまった。

で、いささか気が重く、はるみはメールボックスから少々のダイレクトメールと二、三枚の葉書をつまみ出し、二日分の新聞と一緒にして我が家のリビングまで持って来た。

部屋の中は、出て行った時のままで、二日留守にしたからといって、汚れ物がたまっているわけでもないし、慌てて夕食の仕度にかかる必要もない。

クーラーのスイッチをひねっておいてから、少しの間、窓をあけたのは、部屋の空気がこもっているような気がしたからで、マンションの庭の桐の木で蟬の啼いているのがよく聞えた。

箱根も暑かったと思いながら、はるみは窓を閉め、クーラーの風が直接、当らない場所へリビングの椅子を運んで行って、そこで郵便物を分けた。

デパートの売り出しは、もう秋である。

封書が一つあった。珍らしく私信である。

太いペン字はなかなかの達筆で、裏をかえしてみると、差出人は前田芳夫であった。

日比谷に診療所を持つ医者だが、住所は渋谷区であった。

鋏で封を切ると、便箋の間から芝居の切符が一枚と四つ折にしたちらしが落ちた。

手紙には、簡単な暑中見舞と、息子が舞台装置を担当した芝居が、大変、評判がいいので、都合がよかったら、是非、観て欲しいという意味の文章が丁重に書かれていた。

ざっと読んで、はるみはちょっと考えた。

前田芳夫に、この前、夫の法事で会った時、子供は娘が二人ときいた記憶がある。

一人は大阪へ結婚して行き、一人はニューヨークでモダンバレエをやっている。

そのバレリーナのほうが、帰国して公演でもするというのならわかるが、息子が舞台装置をやっている芝居と書いてあるのは、解せなかった。

ちらしには芝居のスタッフの名前が出ている。

美術の担当者は、仙田哲夫という名前であった。はるみは、そっちの方面にはくわしくない。

もっと驚いたのは、切符の日付をみた時である。

今日の夜の部ではないかと思い、カレンダーへ目をやった。

開演時間は六時で、場所は日比谷である。時計は三時をすぎている。

封書は六日ほど前の消印が残っていた。

とすると、はるみのメールボックスへ届いたのは、箱根へ出かけて行った直後だろうか。

行こうか行くまいかを、はるみは少しの間、思案した。

旅行から帰って来たばかりで、疲れ気味であった。

たまの芝居見物なら、髪も美容院へ行って、少々のお洒落もしたい。

が、電話で断るのは、もう遅すぎるし、すっぽかして折角の切符を無駄にするのも、もったいなかった。

第一、前田芳夫に申しわけがないと思う。

突如として、はるみは疾風迅雷の活躍をはじめた。

ハンドバッグをつかんで、近所の美容院へかけつける。

一時間足らずで、シャンプーと髪のセットを終えると、マンションへとんで帰って、和服箪笥をあけた。

しゃきっとした紺地の越後上布は地味だったが、白地の羅の帯をしめると、さわやかである。

クーラーのきいている中での着付だから暑くはないが、劇場へ行くまでの道中には少々、汗をかきそうであった。

それでも和服にしたのは、劇場は冷房がきいていそうだと判断したからである。

はるみぐらいの年齢になると、冷房の中での洋服は手足や腰が冷えて具合が悪い。

マンションを出たのが五時半で、タクシーのほうが涼しいのだが、時間がないので地下鉄にした。日比谷まで十五分かからない。

劇場の入口は、人がごった返していた。開演十五分前である。

その中に、前田芳夫は人待ち顔で突っ立っていた。見事な銀髪と長身がよく目立つ。

近づいて、はるみはお辞儀をした。

「今日は、お招きを頂いて、ありがとうございました」

前田芳夫は、目を疑うようにして、和服姿のはるみを眺め、それから少年のような無邪気な笑みを浮べた。

「よく来て下さいましたね。こんな暑い日に……」

先に立って、客席へ案内した。

「実は、昨日、マンションのほうへお電話を入れたんです。速達で出すところを、うっかり、普通郵便で出してしまったので……」

無事に届いたか、心配で電話をしたという。

「それは申しわけありませんでした。姉にさそわれまして、箱根へ行って居りまして、今日、帰って参りました」

「やっぱり御旅行でしたか。そりゃお疲れのところを恐縮です」

「いいえ、お芝居は久しぶりでございますので、早速……」

開幕のベルが鳴って、会話はそこで途切れた。

前田芳夫はいささか固くなって、はるみの隣席にすわっている。

芝居は、出演者が芸達者で、開幕直後からはるみは舞台に熱中した。

アメリカの喜劇だが、脚本の出来がいい。

隣りに前田芳夫がいるのを、すぐ忘れて、はるみは笑ったり、涙ぐんだりしている中に、一時間余りがすぎて、休憩になった。

「食事は芝居が終ってからと思いまして、お茶でも……」

地下にある喫茶店へ前田芳夫が誘って行くと、奥の席から一人の青年が手をあげた。

「父さん、ここだよ、席とってある……」

どちらかというと、ずんぐりした体つきの丸顔の青年であった。

色はまっ黒に日に焼けていて、歯が白くみえる。

父親と、はるみをすわらせて
「アイスコーヒーとクレープを注文していいかな」

人なつっこい微笑であった。

二人の同意を得て、カウンターのバーテンに声をかける。

「頼んどいたの、持って来てよ」

それから、改めて立ち上って、はるみに挨拶をした。

「僕、仙田哲夫です。いつも、親父が御厄介になりまして……」

前田芳夫が、少し照れながら、青年をはるみに紹介した。

「実は、長女の聟《むこ》なんですよ」

「それじゃ、大阪へお嫁にいらしたという……」

成程、仙田哲夫には明らかな大阪なまりがある。

アイスコーヒーとクレープが運ばれて、話題は自然に芝居のことに移ったが、迂闊なことに、はるみは芝居そのものに夢中になってしまって、肝腎の舞台装置のほうは、まるで印象に残っていない。

「どうでしたか」

と仙田哲夫に訊かれて仕方なく

「なんですか、住みよさそうなお家にみえました」

といってしまってから、これではまるで建て売り住宅の感想みたいだと狼狽したが、
哲夫は
「そうですか、住みよさそうにみえましたか。そりゃよかった」

と喜んでいる。

「今度の芝居は、長年、住みなれた家を舞台にした家族のドラマですからね。住みよさそうな家にみえるってことは、とても大事なことなんですよ」

哲夫に自画自讃されて、はるみは、成程そうかと逆に感心した。

「少し、色が汚くないかな」

父親の批評にも義理の息子は胸をそらせた。

「あのほうが、俳優の衣裳がきれいにみえるんです」

「芝居はお好きですか」

前田芳夫が、はるみの顔色を窺った。

「娘時代は、よく観に参りましたけれど、結婚してからは……主人が働いて居りますのに、私が芝居見物でもないと思いまして……」

義理の息子を抱えた家庭の中は、けっこう複雑で、はるみが好き勝手に出歩く余裕もなかったのだ。

「ご主人は演劇に趣味はおありじゃなかったようですな」

前田芳夫が笑った。

「以前、やはりこれが美術を担当した芝居が上演された時、奥さんとご一緒にと切符をさし上げようとしたんですがね、どうもそっちのほうは好きではないといわれてしまいましてね」

「主人は無芸大食の口でしたから……」

たしかに趣味のない夫だったと、はるみは思い出していた。

ゴルフも麻雀も、ほんのつき合い程度だったし、役所の忘年会では流行歌一つ歌わないで通して来たらしい。

そういうところは、律義一方で面白味のない人間であった。

二幕目の開幕ベルが鳴って、三人は腰を上げた。

「終ったら、こちらをお誘いして食事をしに行こうと思うが、哲夫君も来ないか」

義父の言葉に、哲夫はあっさりとうなずいた。

「お供します。終ったらロビイに出ていますから」

この若さで、こんなに人のいい笑顔をしてもいいのだろうかと思えるような表情をはるみにも向けた。

芝居のあとの食事は、はるみにとって少々窮屈であった。

相手は、亡夫の友人と、その聟である。

それも知り合ったのは夫の法事の時であり、今日が二度目の対面であってみれば、そうざっくばらんに打ちとけるわけにも行かない。

前田芳夫は、そう話し上手のほうではなかったが、それでも熱心に話題を探しては喋った。

だんだん、きいてみると、彼は相当の旅行マニアで、年に二、三回は休みをとって外国へ出かけるらしい。

今までに出かけた国は、およそ四十カ国、その中にはシルクロードやヒマラヤ、或いはアマゾンとかイースター島などの僻地も入っていた。

「お医者さまがそんなにお出かけになって、大丈夫なものですか」

つい、うっかり、はるみは訊ねた。

医者というものは、常に重病人を抱えていて、自分の自由になる時間はあまりないのではないかという先入観が、はるみにはある。

「僕の診療所は主として健康管理が中心なんです」

定期的に血圧をはかったり、心臓の検査をしたりで

「異常が発見されれば、更に徹底的に検査をした上で、専門の病院を紹介するんです」

従って検査のためのドックはあるが、治療のための入院は原則として受け入れない。

「それで、まあ怠けようと思えば、怠けられるわけですよ」

ただ、あまりしばしば外国へ出かけると、古手の看護婦から
「またですか」

と嫌味をいわれるのが、どうも忌々《いまいま》しいと笑っている。

旅行の話は、はるみにとっても楽しかった。

日本以外の国へは、まだ行ったことがないし、国内もろくに旅行していない。

「いいツアーがあったら紹介しましょう。是非、一度、お出かけになってごらんなさい」

そんなふうにいわれても、これからの生活設計も立っていないはるみには、夢のような話であった。

食事が終ったのが十一時すぎで、前田芳夫は、はるみが固辞するのもかまわず、マンションまでタクシーで送って来た。仙田哲夫も一緒で
「それでは、おやすみなさい」

こもごもに会釈して、そのタクシーで帰って行く。

そして、その翌日であった。

ブザーが鳴って、はるみが出てみると仙田哲夫が、にこにこしながら立っている。

「お電話をして、御都合をうかがってからお訪ねしようと思ったんですが、赤電話をさ

がしている中に、マンションの前まで来てしまったんですわ」

もし、差支えなかったら下のロビイで待っているからという。

「御用があっていらしたんでしょう。散らかしてますけど、よかったら、おあがりなさいな」

どうせ、切符でも買ってくれと持って来たのではないかと、はるみは早合点した。新劇の小さな劇団など、公演の度にスタッフが手分けして切符を売りさばくノルマをしょわされるのだときいたことがある。

「お邪魔していいですか」

「ええ、かまいませんよ。どっちみち、一人ですから……」

テーブルの上に求人広告をひろげていたのを、はるみは片づけた。が、それは、すばやく、哲夫の眼に入ったらしい。

「求人広告ですか」

「いつまでも遊んでいられないでしょう」

コーヒーと紅茶と、どっちがいいかと訊くと
「すみません。番茶があったら……」

という返事がかえって来た。

「じゃ、番茶にお煎餅……」

手焼きの旨い煎餅があったのを思い出して茶箪笥をあける。

姉のけいが煎餅好きで、自分が買うのと一緒に、妹の分も買い込んでおいては、届けてくれる。

「大変、失礼ですが、今日、うかがったのは、義父の気持を、僕からお話ししたいと思いまして……」

きちんと正座したまま、哲夫が相変らず、にこにこした顔付で話し出した。

「義父は、こちらが御主人をおなくしになって、まだ半年にもならないのに、そんなことを申し上げるのは、デリカシイがなさすぎるといって、遠慮しているのですが、僕はプロポーズは、もっと先にしても、義父の気持を一応、お話ししておいたほうが、多少とも、こちらの生活設計にも影響があるのではないかと考えまして、全く、僕の一存ですが、うかがったわけです」

番茶を入れていた、はるみはぼんやりきいていて、慌てて彼の顔をみた。

「ちょっと待って下さいな。なんのことだか、あたし、うっかりきいていて……」

「義父は、こちらと、近い将来、再婚出来たらと望んでいるんです。手っとり早くいえば、小母さんに惚れたんだそうです」

「まあ、いやだ」

相手の、やや剽軽《ひょうきん》な口調に、はるみも誘われて、ざっくばらんになった。

この青年には心に鎧《よろい》を着る必要がなさそうである。

「冗談はいけませんよ。小母さんをからかいに来たんですか」

哲夫は更に人のいい笑顔になった。

「冗談じゃありません。義父はまじめです。僕も義父の気持に同感です。小母さんのような女性なら、義父が再婚したくなるのが当り前です」

「なんだか、可笑しいわよ」

一緒に笑いながら、はるみは青年の眼の中のまじめな光りをみつけた。

どうも、これは笑ってばかりも居られないようである。

「小母さんは五十そこそこでしょう。まだ、再婚の余地はありますよ。ずっと未亡人という必要はないと思います」

大体、未亡人という言葉は前近代的だと、青年は急に話を飛躍させた。

「未亡人というのは、未だ亡ぜぬ人っていう意味ですわ。夫が死んだのに、いまだ死なないで生きているちゅうことです。人馬鹿にした言葉やありませんか」

べらべら喋り出すと関西弁がとび出して、それが青年をよけい人なつこく感じさせた。

なにをいっても、かどが立たず、善意を感じさせるのは、この青年の人徳らしい。

「ご主人に先立たれて、まだ夫婦の愛情いうもんも消えないでしょう。すぐに再婚というお気持になれないかも知れません。義父もその辺は、心得ています。ただ、義父が、ほんまに小母さんのこと好きになってしもうて、寝言にまで、はるみさん、はるみさん、いうてるのを、小母さんにきいてもらいたくてやって来ました」

「いけませんよ。年寄りをおだてても」

「年寄りって年齢は、まだ先です」

「本気には出来ませんね」

「本気できいて下さい。実をいうと、僕は義父が好きなんです」

娘の父親と気が合って、その娘と結婚したと哲夫はいった。

「本末転倒しているようですが、僕は親を早くなくしましたので……」

幸い、娘も父親似なので旨く行っているといった。

「二人の娘は、もしも小母さんが義父と結婚なさると、義理の娘ってことになるわけですが、二人とも男性的で、ばりばり仕事をしている女ですから、やりいいと思います」

「お待ちなさいよ。そんな先のことまで……」

はるみは番茶を飲み、肩で息をした。

「あなたって、本当に変っている人ね」

「せっかちでお節介やきだといわれます。でも、今の話をしたのは、小母さんがこの家へ後妻にいらして、義理の息子さんで苦労されたときいたものですから……」

「前田先生は、あなたが、今日、ここへ来るのを御存じ……」

「いや、知りません」

「叱られますよ。よけいなお節介って……」

「でも、喜ぶと思います」

哲夫は、ぬけぬけといった。

「人生は、短いんです。愛されるっていいことじゃないでしょうか。なにも、無理して独りでいることはない。もしも、義父のことが気に入ったら、将来、再婚のことを考えてやって下さい。義父の人柄は僕が保証しますし、収入も御不自由をかけないだけのものがあります」

なんなら、ゆっくり調べてくれといい、哲夫はそこで一応、その話を打ち切った。

あとは旨そうに番茶を飲み、煎餅を二枚食べて立ち上った。

「御馳走さまでした。それじゃ帰ります」

この番茶は、どこで買ったのかと玄関で訊いた。

「そこのお茶屋さんよ、表通りの地下鉄の近くの……」

「大阪へ帰るので買って行こうと思って……」

店の名前から、いくらの番茶なのか克明にメモをする。

「大阪にだって、おいしい番茶があるでしょうに……」

「女房がつとめているので、なかなか旨いものにありつけないんです。僕が心がけて買って行かないと……」

サンダルを突っかけて、はるみも外へ出た。

「そこまで一緒に行きましょう、どうせ、買い物もあるから」

行きつけのお茶屋へ行って、番茶を教えてやった。かさばる包を持って、哲夫はにこにこと地下鉄の階段を下りて行く。

驚いたことに、その階段から姉の岩下けいが上って来た。

ふりむいて、はるみに手をふって行った哲夫をじろじろ眺めていて、やがて、はるみの傍へ来る。

「あの子、誰よ」

「前田芳夫先生の息子さん、お嬢さんのお聟さんなのよ」

歩き出しながら、はるみは芝居見物の件を話した。

「早速、切符でも売りつけに来たの」

姉妹というのは考えることも同じとみえて、けいは、少し前、哲夫が入って来た時に、はるみが想像したのとそっくりな口をきく。

「それがね、姉さん……」

ふふふ、と笑ってはるみはあっさり打ちあけた。

「あたしをお嫁さんに欲しいって……」

けいは露骨に眉をしかめ、嬉しそうに笑っている妹を眺めた。

「あんた、承知したんじゃないでしょうね」

「ご冗談でしょう、誰が今更、再婚なんて……」

「そうですよ」

当然という顔で、けいはマンションへ向って坂を上り出す。

「女が五十にもなって再婚の話だなんて、どうせ、ろくでもないのに決ってるわ」

けいの言い方に、はるみはちょっと反撥した。

「でも、姉さん、前田先生はお医者さまだし、経済力もある。男前だって悪かないじゃない……」

姉は、坂道をころころ笑いながら自分についてくる妹を、たしなめる顔になった。

「年甲斐もないことというもんじゃありませんよ。前田先生だって、もう、お年なんだから」

「六十よ、まだ……」

「もう六十ですよ」

ぴしゃっとやっつけて右手に下げていた紙袋をはるみに差し出した。

「持ちなさい。あんたのために買ってきたんだから……」

のぞいてみると、どうやら姉のいきつけの店のおでん種らしい。

「重いじゃないの」

「どうせ、あんたのお腹に入るのよ」

マンションの部屋へ帰りつくと、けいは急に別の話を持ち出した。

千葉のほうに、新しく老人専用のマンションが建つので、その一部屋を買わないかという話である。

入居資格は男性が五十五歳以上、女性が五十歳以上で、原則として三食付、月に二度、定期的に医者の健康診断までついている。

カタログをひろげてみると、部屋は大体が六畳二間にダイニングキッチンという広さで、他に広々とした共同浴場だの、集会所だの、娯楽室だの、至れり尽せりに出来ている。

「あんたと二人で、一部屋買っておいたら、どうかと思ったのよ」

はるみは、あっけにとられて姉の顔をみた。

まだ、自分が老人マンションへ入る年齢とは、どうしても思えない。

「あんた、少し、のんきすぎるのよ。世間の人は、みんな四十すぎたら、老後の心配をはじめているのに……」

入居資格をみても女の五十歳はもう老人ホームに入って不思議ではないと、けいは強調する。

「いやだわ、あたし、今から老人扱いされるなんて……」

「あたしだって、いやだわよ」

「第一、姉さん、こんなところに入る必要あるの、要介君がいるのに……」

「息子なんて、あてになりませんよ。あてにもしてないし、将来の要心のために買っておこうと思うのよ」

どうせ、マンションの出来上るのは、来年のことだし
「すぐ入居しなくたっていいのよ」

「もったいないじゃない。あけとくなんて」

「そこに住んで働きに出るってことも出来るのよ」

交通は便利だと、姉は説明したが、老人マンションに入居して、そこから働きに出るなど真っ平だと、はるみはまるで乗らない。

「じゃ、あんた再婚する気なの」

けいは台所へ行って、おでんの汁を作り出した妹へ、苛々と声をかけた。

「そんな気はないけれど……」

「どうするのよ、これから……」

「考えてるのよ」

「知りませんよ、ぼんやり暮していると、お金なんて、なしくずしになくなっちゃうん

だから……」

「そんなことわかってます」

「わかってやしないのよ、あんたって人は。もたもたしてると、老人マンションどころか無料の老人ホーム行きになっちゃうのに……」

女の寿命は年々、のびているらしいし、老人ホームのようなところでも、圧倒的に女性の数が多く、八十、九十になっても下の厄介をかけながら、まだ元気でいると、けいはさも、みて来たような話をした。

「そんなになったら、死んじゃうわよ」

「死にゃしませんて。一年一年、命に未練が強くなるんだから……」

おでんが煮えるまで、姉がそんな話をして帰ってしまうと、はるみは俄かに憂鬱になった。

五十歳というのは、もう老人に属するのだろうかと思う。

白髪も、まだ目立つほどではなかった。肌にも張りがあるし、艶もいい、どちらかといえば、小肥りのほうだから、皺も少かった。

若さは、もうないが、老人ときめつけられるには、自分がかわいそうすぎるようである。

といって、再婚する勇気もなかった。

前田芳夫が、どんなふうに考えているのか知らないが、今更、夫以外の男性と同衾《どうきん》するなど、考えただけで決まりが悪い。

夫婦というものは、おたがいがまだ若い肉体の時から、知り合っているので、歳月と共に体の線がくずれ、醜悪になったとしてもそれほど決まり悪がりもしないで自分をさらけ出している。それというのも、若い頃のイメージがおたがいにあるので、なんとか補いもつくし、許容出来る部分もあるのではないかとはるみは考えていた。

その理屈からいったら、五十になった自分を、いきなりみせるなどとは、とんでもないことであった。

それに、世の中には五十、六十になってもセックス抜きでは生きて行けないという女の話をきいたことがあるが、はるみにしてみれば、夫が生きていた時から、割合、淡泊な夜に、もうなっていて、別にそれで不満ということもなかった。

なまじ、この年齢になって、性のどろどろした世界に首を突っ込むのは真っ平だという気持でもある。

で、再婚をもう考えないとすれば、残るところ、姉がうるさくいうように、自活する方法を大いそぎで決めなくてはならない。

男の魅力

柳川真一郎から電話がかかって来たのは、熱帯夜が一週間も続いた朝で、はるみは寝不足であった。

それでなくとも、考えることが多すぎる毎日である。

新聞の求人広告を眺める気力もなくて、こんな朝は煙草でも一服出来たら、まだ救われるのではないかと、来客用の煙草ケースの中から、すでに封の切ってあるのを取り出してみると、それはすっかりしけていた。

考えてみれば、夫の生きている時分に買った煙草である。

普段のはるみは煙草を吸わない。

柳川真一郎の声は、彼の年齢よりも若くさわやかであった。

「御無沙汰していますが、お元気でしょうね」

優しく訊かれて、はるみはうっかり本音を吐いた。

「それが、あんまり元気でもありませんの」

「お体でもお悪いんですか」

「ねむれませんの」

電話口で、ちょっと柳川が思案しているふうなので、はるみは慌てていい足した。

「いえ、毎晩、お暑いでしょう」

「無躾《ぶしつけ》ですが、今日は御予定がおありでしょうか」

別に、なにもなかった。一人暮しは、ぞっとするほど、無聊《ぶりょう》なものである。

「お昼頃、お目にかかれませんか」

「なんでしょう」

「ちょっと、久しぶりでお話がしたいんですよ」

「お気を使って下さらなくて、大丈夫よ」

ねむれないなどとよけいなことをいうのではなかったと、はるみは後悔した。まるで、同情を強制したようである。

「いや、近況をおうかがいして、場合によっては、お話ししたいこともあるんです」

正午に麻布のPホテルのロビイで、と柳川はいう。

「柳川さん、お役所は……」

「その近くまで用事で外出しますから……」

どっちみち、午休みだと明るく笑っている。

麻布のPホテルなら、はるみのマンションから、そう遠くもない。

暑い日であった。

はるみは、少々、考えて、結局、昨年、新調した紺地のスーツを着た。

綿だが表面に光沢のある布地なので、多少、おしゃれっぽくみえる。

時間より十五分も早く、Pホテルへ着いてみると、柳川はもう来ていた。

はるみをみて、立ち上り、親しげな微笑を向けた。

「急に呼び出したりして、失礼しました」

「私こそ、つまらないことをいってしまって、柳川さんに御迷惑をおかけしたんじゃありませんか」

ねむれない、といったことである。

柳川は、はるみの好みをきいてから、ダイニングルームへ案内した。

「ここのカレーライスが旨いんです」

カレーなら昼食にはちょうどいいと思ってうなずいたのだが、それが運ばれてきて、はるみはいささか、おどろいた。

シェフがワゴンを運んできて、テーブルの脇で調理をする。

カレーに添えて食べる薬味の種類だけでも、テーブルに乗り切れないほどであった。

「随分、贅沢なカレーですのね」

「ここの名物ですよ」

簡単な昼食どころではない。

「その後、どうしていらっしゃいますか」

丁寧に訊かれて、はるみは苦笑した。

「なんということもありませんわ」

遺産相続も片がついたし、法事も一段落してしまった。

「この夏は、どう、おすごしですか」

「はい、この間、姉と箱根に一晩……」

「それは、よかった。静岡の息子さんは、もう厄介なことをいって来ませんか」

遺産相続で、義理の息子が横車を押したことを柳川は知っている。

おかげさまで、とはるみは弁護士が入って具合よく話がついたことを、報告した。

「なによりでした。金銭のことなので、他人の僕が、あまり口出しをするのもどうかと思って、よそながら心配していました」

それじゃ今後の生活に不安はありませんねといわれて、はるみは贅沢なカレー料理に眼を落した。

「そうも行きませんわ。やっぱり、なにか仕事をみつけませんと……、座してくらわば、なんとかと申しますでしょう」

「働くのはいいことですよ」

柳川が、あっさりとうなずいた。

「まだお若いのだし、仕事を持たれることは精神衛生上もいい。ただし、いい仕事があっての上ですがね」

なにか、いい仕事がみつかったかと訊く。

「いえ、それは、なかなか……」

「耳よりな話が一つ、あるのですが……」

慎重に、だが、軽快に柳川は話し出した。

「あまり、公けにしてもらっては困るのですが、共同出資でホテルを建てようという計画があるのです」

場所は信州で
「いいゴルフ場が傍にあります」

環境はいいし、交通も思ったより不便ではない。

「しかし、いい宿泊所がなかったんです」

ナフキンで口を拭き、柳川はいくらか顔をはるみに近づけて、声をひそめた。

「実をいいますと、僕らの役所の寮を作ろうというんですよ」

土地は公けのもので、以前にそうした公務員の家族のための施設を作る計画があった。近頃はちょっとした会社でも、従業員のために保養所とか、寮とかいう名目で、れっきとしたリゾート地に気のきいた旅館を持っている。建物も施設も下手なホテル顔まけという立派なもので、しかも料金はほんの申しわけ程度であった。

官公庁においても、やれ××省の熱海第一寮とか、○○公社の那須山荘とか、それぞれに趣向をこらした公務員のための別荘を持っている。

「最近、いささか世間がうるさくなりましてね。古くに出来たものはとにかく、今から新しい施設を建てるのは自粛したほうがいいということなんですが……」

といって土地を遊ばせておくのもなんだし、下準備は出来ている。

「いっそのこと、停年退職者の個人出資ということに出来ないかという話がまとまりまして」

無論、公けには出来ないし、今のところ庁内でも極秘なのだが

「いい具合に出資希望者がまとまりましてね。近く、建設がはじまります」

なかみはいわゆるリゾートホテルだが、組合の研修所という名目だから、助成金も出るし、完成の暁には、組合がその施設を借りるという形で年間かなりの金が出る。それが、出資者への配当金となる仕組みで

「大体、出資した金額は三年で元がとれ、それから先は配当金が七年間もらえるんですから、こんないい話はありません」

出資額は一人が一千万円までだが、なんにしても元金が十年で三倍以上にもなるのだから、夢のような話であった。

「実は、先だっての会合の時に、奥さんの話が出て、もし、これから就職でもされるのなら、その研修所の管理人として住み込んでもらえないかというんですが……」

管理人といっても、実際の管理は組合のほうでするから、いわば旅館の女主人、ホテルのマネージャーといった仕事を、はるみにひき受けてもらえないかと、柳川はいった。

給料は組合のほうから出るし、仕事はさして難しいこともない。

「でも、どうして私なんかが……」

平凡な役人だった亡夫である。そんなうまい話が、未亡人になったはるみのところへころがってくるというのは、不思議な気がする。

「まあ、建てるまでの経過からいっても、出来れば死亡退職者の遺族を救済の意味でも優先したいということになりましてね、僕が奥さんを推薦したんです」

年齢的にもちょうどいいし、子供も、同居しなければならない老人もない。

「そういっちゃなんですが、身軽な立場だと思ったものですから……」

建物の建築は、年内に完成するから、実際に入居するのは一月の予定という。

「どこなんでしょう。場所は……」

はるみの問いに、柳川は頭へ手をやった。

「失礼しました。肝腎のことをうっかりしていて……」

信州のほうはくわしいかといわれて、はるみは苦笑した。

「全然、知りません。なにしろ、旅行をめったにしませんので……」

「松本からちょっと入ったところです。よろしかったら、一度、御案内しますが、そりゃあすばらしいところですよ」

質のいい温泉も出るし、環境的には申し分がない。

「東京の大手のホテル業者が眼をつけて、最近、土地を買ったという話ですから、やがてはデラックスなリゾートホテルも建つでしょうし、別荘地も開発されるんじゃありませんか」

旅行ブームの御時世であった。

シーズンにはどこへ行ってもホテルが足りないし、個人が別荘を持つのも一種の流行になっている。

「願ってもないお話ですけれど、私につとまりますかしら」

経験は皆無だった。

「専門のホテルマネージャーはつきますから……要するに女らしい心づかいが欲しいと

いうことですよ。とかく、寮とか研修所とかいうと殺風景になるでしょう。部屋に花を飾ったり、着いた時に旨いお茶を出してもらうとか……」

考えてみてくれと、柳川はいった。

「二、三日中に、お電話をします」

但し、その建物のことは、あまり他人に喋らないでくれと、柳川は念を押した。

出資者には、うまみのありすぎる話なのである。

おそらく、出資者には組合の幹部連中が顔を並べているに違いないと、はるみは思った。

役人天国の実態は、はるみにも漠然とわかっていた。

大切なのは、それを世間に知られないことである。

柳川は誰にも話さないでくれといったが、はるみは、姉にだけは訪ねて行って相談した。

「世の中、随分、うまい話があるものね」

妹の話に、けいはそんな感想をのべた。

「税金で、ようやってくれるわ」

「人に喋らないでよ。柳川さんは親切でいって下さったんだから……」

「月給はどのくらい……」

「十五万以上は必ずって……ボーナスは年に二回、大体、公務員並みだって……」

「悪かないわね」

住居費、光熱費がただである。

「毎日、温泉に入れるだけでも長生きするわよ」

信州なら東京からそう遠くもない。

管理人とかホテルマネージャーとかいっても、結局は女中頭に毛の生えた程度の仕事だろうからと、けいは、はっきり割り切っていて
「それでもやろうって気がないと無理ですよ」

主婦のなれの果は、とかく働くということを身を落すように考えて、仕事によってはみじめな思いをするものだから、と忠告してくれる。

「それは、平気よ。正直のところ、家政婦をやってみようって考えていたのだから……」

求人広告を熱心にみたあげく、一番、割がいいのは、家政婦だと気がついたと、はるみはいった。

大体、一日働いて七千円から八千円ぐらいの収入で、住込みなら食費として一日七百円ぐらいを支払えばいい。所属する協会への手数料やらなにやら、さっぴいても一日五千円にはなるから

「一カ月に二十五日働いたら十二万五千円じゃないの」

住込みなら交通費は要らないし、住むのから食べるのから、一切合切、むこうさんで済んでしまう。

「そんなにうまく行くの」

「協会へ電話してみたのよ。明日からでも働く先はあるって……」

掃除や洗濯、料理なら、今までやって来たことだから驚かない。

「マンションの二部屋ぐらい掃除してたのとは違いますよ」

「でもね、行く先もマンションが多いそうよ」

「マンション暮しで、家政婦さん頼むの」

「一戸建の家もあるそうだけど、小さい子供や老人のいるところは、家政婦が行きたがらないし、第一、行ってみてその家が気に入らなけりゃ、一日で、はい、さようならでもいいんですって……」

「随分、いばっているものね」

「それでも、いくらだって来てもらいたいって家があるそうだから……」

「あたしなんかには信じられないわ」

コインランドリイなんぞやめてしまって、家政婦をやったほうがいいかなどと、けいは真顔でいった。

「でも、体がきく中よ、年をとれば、家政婦ってわけには行かなくなるわ」

「あたしは、まだ、年よりなんかじゃありませんよ」

話が脱線して、姉妹は笑い出した。

「家政婦をしようって気になっていたんなら、旅館の女中もつとまるかも知れないわね」

けいは、流石にしんみりいって、妹の顔を眺めた。

「信州は、ちょっと遠いけど……」

「北海道や九州から思えば、近いじゃないの」

働ける中に働きたいし、亡夫の友人が口をきいてくれた話なら安心だと、はるみは思った。
二、三年は信州で働いてみるのもいいかも知れないと、けいもいって、はるみはそれでもう、すっかり決心して家へ帰った。
研修所だか、寮だかが完成するのは正月で、入居もそれからだというのに、ぼつぼつ、家財の整理もしておかなければ、と、翌日はもう押し入れに首を突っ込んで衣類を片づけたりしはじめた。

もともとは、おっとりのんびり型のはるみだったのに、働くことにこうせっかちになるのは、独りになって自活しなければという意識が急に強くなったためだろうと思う。

柳川から連絡があったのは、それから更に三日後で、はるみはいささか心細くなっていた。

なんといっても、旨い話だし、役所の中で死亡退職者の未亡人というのは、はるみ一人ではない。そういうものが出来るのなら働かせてくれという希望者が殺到しているのではないかと思う。

「決心はつきましたか」

電話の柳川の声が、どこか心配そうだったので、はるみはすがりつきたくなった。

「私のほうは……でも、柳川さんの御都合は……」

「実をいいますと、ちょっと困ったことが出来ました」

やっぱり、とはるみは胸をとどろかせた。

うまい話には障害はつきものである。

「少々、お邪魔してよろしいですか、電話では申し上げにくいので……」

「私から出向きましょうか」

「いや、お宅の近くに居るのです」

十五分ばかりで柳川はやって来た。

「御連絡が遅くなってすみません。公務多忙で、つい……」

柳川は、はるみの表情を窺うようにした。

「例の件、どなたかに相談なさいましたか」

「姉には話したんです。勿論、姉は世間へ口外するようなことはありませんから……」

「お姉さん、なんとおっしゃってました」

「願ってもないことじゃないかって、ただ、あたしのような者がつとまるかどうかは心配なんですけど……」

「それは大丈夫なんですがね」

「他にも、働きたいって方がおありなんでしょう」

「いや、その点は僕が責任者なので、なんとでもなるんです」

「でも、さっき、困ったことが出来たとか」

「ええ……」

煙草を一本、吸って、柳川は多少、口ごもりながら話し出した。

「青山さんが管理人を引き受けて下さることには、誰も異存はないんです。ただ、今度の計画は、なにもかも、出資者中心に話をすすめていますのでね」

万事が出資者優先であり、出資者に有利なように仕事をすすめたいという。

「なにしろ、皆さん、虎の子の退職金を出資なさっているわけですから……」

メンバーの殆んどが、いわゆる肩叩き退職の人々だという。

「ざっくばらんにいって、青山さんも出資者の一人になって下さると、話がスムーズに進むんですが……」

「私が、出資者に……」

「資格はあるわけです。御主人は勧奨退職なさった一人ですから……」

出資金は一千万円がきまりだが、場合によっては五百万円ずつ、二回に分けてもかまわない。

「出資額は三年間でお手許に戻ります。それから先は配当金として、出資額が一千万円なら大体三百万ぐらいが七年間、支払われることになっています」

出資者になって損はないという口ぶりであった。

「そりゃもう、びっくりするくらい、いいお話だと思いますわ」

この前、きいた時も出資者が羨しかったくらいである。

「一千万、出せますか」

柳川はいいにくそうであった。

「僕としては、こういう形でお誘いしたくなかったのですが……」

「どうしてでしょう。あたしにとっても悪いことじゃありませんでしょう」

十年間で一千万が三倍になり、その上、研修所で働ける。

「よろしいですか」

「助かりますわ」

一千万なら出せる、とはるみは計算していた。

現金で一千万動かしても、まだ少々の貯金が残るし、浜松の土地にも手をつけなくてすむ。

さし当って、自分の就職口もきまるのだし、願ったりかなったりであった。

「まあ、投資としても確実で安全だと思います。株でぼろもうけでも出来れば別ですが、まず、こういうことはあり得ないでしょうから……」

はるみが出資者に参加するなら、そのことをメンバーに話すと柳川はいった。

「勿論、すでに内諾は得てありますし、反対する人はいないと思います」

近い中に具体的な書類を持ってくると柳川はいった。

ぼつぼつ、夕方であった。

夕食を出したものか、とはるみは迷った。

自分のために、わざわざ足を運んでくれた柳川に、お茶一杯では、あまりにも愛想がなさすぎる。

「なんにもありませんけど、お食事でも」

といい出したはるみに、柳川はあっさりいった。

「それではウイスキーの水割を一杯下さい」

グラスを二つ、それに殁った青山成一の愛用したウイスキーをという注文である。

「他に、なにもいりません。久しぶりに、青山さんの前で、一杯だけ飲んで帰りたいんですよ」

肴は、なにもいらないといった。

「奥さんの就職が決ったことを、青山さんと乾盃したいんです」

いわれるままに、はるみはグラスと氷とウイスキーを用意した。

柳川は器用に二つの水割を作り、その一つを仏壇に供えて、自分がもう一つを持った。

遺影に向って黙禱でもするように眼を閉じてから、グラスを口へ持って行った。

みつめていて、はるみは鼻の奥が熱くなった。男の付き合いとは、こういうのをいうのだろうかと思う。

退職した先輩の、それもたいしたつき合いのなかった未亡人にまで、これだけ親切にしてくれるというのは、並大抵のことではない。

ウイスキーの水割は一杯だけで、柳川はさっぱりした態度で帰って行った。

姉に、その顚末を報告しなければと思っていると、けいのほうも気になったとみえて、翌日、自分からやって来た。

出資者の一人として参加する件を話すと、けいはあまり気乗りのしない顔になった。

「信州のどこだって……その寮の出来る場所よ」

「松本の近くだっていってたわ」

「住所やなんか訊いたの」

「別に……」

どうして、姉が俄かにそんなことをいい出したのかわからない。

「要介に話したのよ。いい話だとは思ったけど、あんたがつとまるか心配だったから……」

「要介君、なんだって……」

「なんにも……ただね、管理人になってくれって頼まれただけならいいけれど、出資しないかという誘いだったら断ったほうがいいって」

その時のけいは、まさか、はるみが出資者の一人になるとは思わなかったので、要介の忠告を気にしなかったのだが
「どうして出資しちゃいけないのよ」

はるみは不服だった。

十年で三倍になる投資など、柳川がいうように、ざらにある話ではない。

「危険じゃないかって……」

「危険……」

お役所の仕事であった。はるみの感覚では、これ以上、確かなものはない。

「あたしもよくわからないのよ。ただね、要介ってのは石橋を叩いて渡る子だから……

その子が、もう少し、調べたほうがいいっていうのよ」

「調べるって、なにを……」

「だから、その寮がどこへ出来るとか……とにかく、場所はみて来たほうがいいんじゃないかしら」

それは、はるみも考えていた。

自分がそこで働いて暮して行くからには、どんな所か、一度、みに行って来たい。

「柳川さんも、案内して下さるような話だったのよ」

「一ぺん、みて来なさいよ。松本の近くっていうだけじゃ頼りないもの」

はるみは、そのことよりも、要介が危険といったことを気にした。

「柳川さんの話が、危険だっていうの」

「そうじゃなくて、お役所を退職した人達が出資してってことじゃないかしら。もし、マスコミなんかにさわがれたりすると、まずいってことかな」

それなら、はるみも納得が行く。

「とにかく、慎重にしたほうがいいって。なんなら、要介が柳川さんにあって話をきいてもいいっていってたけど……」

その必要はないだろうと、はるみは思った。

下手なことをして、柳川が気を悪くするといけない。要介は決して社交上手の青年ではなかった。

むしろ、単刀直入な話し方をする癖がある。

「柳川さんにいって、まず場所をみてくるわ。あんまり寂しいところじゃ嫌だし……」

「あんたに田舎暮しが出来るかしらねぇ」

けいは、むしろ、そっちの心配をしていた。都会生れの都会育ちの妹の性格をよく知っている。

けいの忠告に従って、はるみは次に柳川から電話がかかって来た時、まず、場所をみたいと頼んでみた。

「願ってもないお話なんで、あたしは一も二もないんですけど、姉があんまり寂しい場所だと、あたしが長続きしないんじゃないかって心配しますので……」

口は重宝で、なにもかも姉のせいにして相談すると、柳川は朗らかに笑った。

「ごもっともです。早速、御案内しましょう」

日帰りでも充分な距離だが、近くにいい温泉もあるので
「女房が、この頃、少し更年期で体の調子が悪いらしいんです。青山さんを御案内するついでに、女房孝行をしたいんですよ」

午後から出て行って、その場所をよくみてもらって、温泉に一泊して帰京するのはどうかと提案する。

「申しわけありませんが、女房の話相手になってやってくれませんか」

仕事にかまけて、どうしても家庭サービスがお留守になっているのを、柳川の女房は不満に思っているらしい。

「うちの主人も家庭サービスは零でしたから。奥さまと愚痴のいいっこしましょうか」

それくらいは柳川の役に立ちたいと思った。

夫の法要以来、彼の心づかいに対しては、せめて自分の出来ることをしたいと思う。

「切符や旅館の手配は、僕にまかせて下さい。勿論、奥さんの部屋は別に取ります」

一度、切った柳川の電話が、二時間後にまたかかって来た。

「うまい具合に、明日の切符がとれたんです。旅館の予約もＯＫなので、善は急げで明日行ってしまいましょう」

はるみはいささか慌てた。

「そんな急で、お仕事のほうは大丈夫なんですか」

「なんとかなりますよ、家内も喜んでいますので……」

新宿を午後一時発の特急列車だと柳川はいった。

「申しわけありませんが、仕事の関係で、僕はぎりぎりにかけつけることになると思います。入場券でグリーン車へ乗っていて下さい」

乗車券の指定席の番号を、柳川は告げ、はるみはそれをメモした。

なんにしても慌しいことである。

とりあえず、けいに電話で知らせた。

「一緒に行ってあげたいんだけど、明日は人と会う約束があってね」

けいの言葉に、はるみは苦笑した。

「大丈夫よ、姉さん、柳川さんの奥さんも一緒だから……」

「要介でも行けるといいんだけど……」

まだ外出していて帰って来ていないらしい。

「ここんとこ、どうしたんだか、家に落着いていないのよ」

「一人で充分よ。温泉につかって、よく考えて来ますから……」

翌日は、もっとせわしかった。

午前中に美容院へ行って、マンションの戸じまりをすると、ボストンバッグ一つを持って新宿駅へかけつける。

柳川にいわれた通りに、入場券で特急列車のグリーン車の指定席へ乗ってみると、柳川はもう来ていた。

「奥さんのほうが、発車ぎりぎりですね」

実際、はるみが席に着いて、柳川と二言三言話をしている中に発車ベルであった。

「家内が子供の学校のことで、少し遅れて来ます。この一つあとの特急列車で、まっすぐ旅館のほうへ来ることになりました」

柳川の妻は、別に寮の建築予定地をみる必要がないのだから、それで充分であった。

「申しわけありません。御迷惑をおかけしてしまって……」

はるみは独りだが、柳川には家庭に子供もいる。

「家内の母親が同居していますので、留守番の心配はいらないんです。こういうことでもないと夫婦二人で旅行をする機会は滅多にありませんから……」

柳川は、たのしげであった。

特急列車は、次第に速度をあげて東京の街から抜け出そうとしている。

「弁当を買っておいたんですが……」

頭上の棚から、柳川が汽車弁を二つ、取り出した。お茶も二つ、窓ぎわにある。

湯の宿

松本駅へ着いたのが、五時少し前であった。

駅の玄関を出たところで、柳川はレンタカーを予約してあるからといい、はるみを待たせて、車を探しに行った。

駅の北方だろうか。アルプスの山々が黒々とみえた。

山国へ来たという感じで、はるみがぼんやりしていると、目の前に車が寄せて来て、運転しているのは、柳川である。

スーツケースやボストンバッグを後部の座席へ乗せ、柳川は助手席のドアをあけた。

「失礼ですが、前のほうがゆったりしていますので……」

たしかに二《ツー》ドアの車なので、助手席のほうが座りよく出来ている。

いささか、面映《おもは》ゆい気持で、はるみは柳川と並んだ。

歿った夫は車の運転をしなかったので、夫婦でドライブに出かけたことはない。

それにしても夕暮であることを、はるみは気遣った。肝腎の研修所建設予定地へ行くまでに暗くなってしまうのではないかと危ぶまれる。

「遠いんでしょうか」

走り出した車の中で、そっと訊くと、柳川は、こともなげに
「まあ三、四十分でしょうか」

と答えた。

六時前ならまだ明るいだろうと、はるみは、はじめての松本の町を慌しく眺めた。

市内の風景は、はるみの知っている日本の小都市と変らない。

銀行と百貨店とスーパーマーケットの看板が目立つ。が、それも忽ちの中に市外へ出てしまった。

「交通が不便じゃありませんかしら」

町の風景が寂しくなるにつれて、はるみの気持も不安になった。今は、柳川の車で行くからいいけれども、そこへ住むようになったら、松本までの足の便はどうなるのか。

「ちょっと遠まわりですが、バスの路線もあるんです。研修所には勿論、客の送迎用のマイクロバスを備えますし、自家用車の用意もしますから、松本へ出る時は、それを利用してもらえばいいんです」

はるみの気持を見すかしたように、柳川がいった。

車は峨々《がが》たる山脈へ向って走り続け、山は次第に近くなって来たが、そのあたりから夕闇も急速に広がって行った。

人家は次第に少くなって、林の間に田畑が続いた。

松本へはじめて来たはるみは、車がどこを走っているのか見当もつかない。

道はいつの間にか上り坂になっていた。

「もうすぐです」

はるみの気を引き立てるように、柳川がいい、やがて広々と伐りひらいた大地がみえはじめた。

林を背にして、その建築現場は、まだ土地を整備している状態であった。

ブルドーザーが地をえぐり、地ならしをした跡が夕靄《ゆうもや》の中に黒々とみえる。

「ここなんですよ」

車を停めて、柳川が先に下りた。

あたりには人影もない。なんとなく、はるみはぞっとした。

殺意を持った男が、相手を工事現場に呼び出して殺害し、基礎工事の土中に埋めてしまうという推理小説を読んだことがある。

そんな小説の舞台には、たしかに絶好の場所であった。

「みてごらんなさい。夕焼けがすばらしいでしょう」

柳川が、はなれたところから声をかけた。

夕陽は山に反射していた。

茜色《あかねいろ》と濃紫のだんだら縞が、遥かな山脈を染めている。

落陽だから光りに力はなかったが、そのかわり乾いた紗幕で自然をすっぽり包み込んでしまったような神秘な味わいがある。

「きれいですね」

思わず、はるみも感嘆の声を上げた。

考えてみれば、柳川に、はるみを殺す理由もないだろうし、もしも、彼が襲いかかってきたとしても、腕力では、はるみのほうが自信がある。

普段から如何にも胃の悪そうな柳川は夏瘦せが、まだ回復しないのか、ひょろひょろしていた。はるみがその気になって体当りをしたら、容易に吹っとんでしまう。

「いい場所でしょう」

柳川がいうように、そこは小高い丘の上で、アルプスをゆったり眺めるには申し分がなかった。

敷地の周囲は林がとり囲んでいるし、そのむこうには草原らしいスロープもみえる。

「近所に家がないんですね」

はるみがいうと、柳川は笑った。

「僕ら、近道して来ましたからね」

道を逆に下りて行くと、ちょっとした町があって商店も五、六軒あるという。

「なにしろ、松本の繁華街から一時間とはかからないんですから……」

それはそうであった。

「静かだし、空気はいいし、住むには打ってつけですよ。都会はもう、人間の住むところじゃありませんからね」

「冬はどうなんでしょう。雪が積るんですか」

はるみのほうは現実的であった。

二年にしろ、三年にしろ、自分がここで暮さねばならないのだ。

「積るというほどは降りませんよ。寒さは、信州ですから、寒いには違いないが、ホテルは全館暖房ですし……」

そんな話をしている中に、足許から暗くなった。

山峡だけに暮れるのは早い。

「それじゃ、お疲れでしょうから、今夜の宿へ行きましょうか」

柳川がうながして、はるみを車に乗せた。

今来た道を途中まで戻って、別な道へ入って行く。

「建物が出来ていないから寂しい気がなさったかも知れませんが、完成するとだいぶイメージが変りますよ」

「あんなところに、温泉が出るんですか」

「それが、出るんです。近くに古い湯治場がありまして、農閑期には地元の老人が集っています」

泉質は炭酸系統で
「消化器系に効くそうです」

落着いた柳川の話しぶりをきいていると、はるみも漸く、実感が湧いて来た。

今更のように雄大なアルプスの眺望だの、夕映えの中にあった山容が瞼に浮んで、朝夕、ああした自然に囲まれて生活するのも悪くないと思う。

それに、子供もいない、趣味も交際もないようなのんびりした主婦の生活でも、四十歳をすぎてからは一年が早くてたまらないのだから、仕事を持ったら尚更、かけ足で歳月が過ぎて行きそうな気がする。
二、三年といっても、夢の中《うち》ではないかとはるみは想像した。
「従業員は、どうしても地元の若い人を養成することになります。大変かも知れませんが、若い人に囲まれて若返るのも悪くないじゃありませんか」

柳川は勧め上手であった。

もっとも、ここまで話が進んで、はるみに断られたら、彼の立場がないのかも知れない。

「お気が進みませんか」

運転しながら、柳川がさしのぞいた時、はるみは晴れやかな表情で首をふった。

「とんでもない。是非、よろしくお願いします」

こんないい就職口を逃すことはなかった。

一千万の投資も魅力的である。

「そりゃよかった。僕もお世話した甲斐がありましたよ」

柳川は元気がよくなって、ハンドルを片手でさばきながら、煙草を吸う余裕も出た。

道は狭いが、滅多に他の車が通らない。

一時間ほど走り続けて、柳川は山峡の一軒の旅館へ車を横づけにした。

かなり大きな旅館で、木造の日本建築だが堂々とした造りである。

柳川は、ここは初めてのようではなかった。

出迎えた女中頭とも顔なじみらしい。

「部屋は二つ、とっておいてくれたかい」

玄関で柳川は必要以上に大きな声で念を押した。

「こちらは、僕の先輩の奥さまなのでね」

そんなことをいわなくてもいいのにと思いながら、はるみは靴を脱いだ。

案内されたのは、奥の離れ家であった。

長い渡り廊下が一戸建の離れをつないでいる。

柳川の部屋が手前で、その一つむこうがはるみの部屋となっていた。

「よろしいんですか、一人でこんな上等のお部屋を占領しちゃって……」

はるみがいうと、女中頭が笑った。

「先月までは、お客様が多くて、とてもこんなことは出来ませんでしたんですが、ちょうどシーズンオフでございまして……」

来月になると、又紅葉を訪ねてハネムーンの客や団体も繰り出してくるらしい。

「失礼ですが、食事は僕の部屋で一緒にさせて下さい。一風呂あびて、もう、家内も着くと思いますので……」

柳川にいわれて、はるみは自分用の部屋へ入った。

女中が風呂場の仕度をしてくれている。

「大きなお風呂もあるんでしょう」

少し、はずんだ気持で、はるみが訊いた。

「混浴じゃないでしょうね」

「いいえ、女性用も、大きなのがございます。近頃は女性のお客様も多いので、新しく岩風呂を作りましたんですよ」

食事のあとは、どうぞ、そちらをおためし下さい、といわれて、はるみはその気になった。

温泉場まで来て、家庭用と変らない、こぢんまりとした湯舟につかるのはつまらない。

お茶を飲んでから、はるみは思いついて東京へ電話をかけた。

なにもかも、柳川まかせで出かけて来たので、今夜の宿を姉に知らせることが出来なかった。

「むこうへ着いたら電話をするから……」

と、岩下けいにいって出て来たものである。

電話は即時通話であった。

馬鹿に山の奥へ入ったような気がしたが、東京までダイヤルでつながるとわかっただけで、そう遠くもないのだと安心してしまうのは、はるみの年齢のせいであった。

彼女の世代は、地方へ電話をする時は、必ず交換手を呼び出して、延々と何十分も待ってから、やっとつながるという印象が強い。

「もしもし、姉さん、あたしだけど……」

いつもの調子で喋り出したとたんに、受話器を通して、がんがんとけいの声がはね返って来た。

「はるみ、あんた、今、どこにいるの」

「どこって、いやだ、信州の旅館ですよ。今、着いたの」

「慌てちゃったわよ、こっちはえらいさわぎで……」

「なにかあったの」

「前田先生の娘さんが、大阪からやって来て、あんたに逢わして欲しいって……」

「前田先生の……」

どきりとした。やはり、縁談に違いない。

前田芳夫は、はるみとの再婚を、娘にまで相談したというのだろうか。

「話には聞いてたけど、こっちは、まさか本気の話だなんて思ってないじゃないの。あんたは旅行中だっていったら、行く先を教えてくれって……」

「そんな……困るわ。あたしだって、正式にはなんにもきいていませんよ」

「正式もへったくれもないわよ、水くさいわね」

「そういうわけじゃないけれど……」

はるみは赤くなって、前田芳夫の娘聟だという仙田哲夫の人の良い顔を思い出した。

前田芳夫の娘は、夫から父親の再婚話をきいたのかも知れない。

「とにかく、あんたの行った先もわからないんじゃみっともないと思って、お役所に連絡して、柳川さんのお宅の電話を教えてもらったのよ」

はるみは、ひやりとした。

「気をつけてよ、姉さん。柳川さんの今なさってることは、お役所の中でも極秘なんだから……」

「そんなことわかってますよ。柳川さんの奥さんの友人だけど、お宅へ電話したら、どなたも出ないので、ご主人さまに電話番号の確認をしたいんだっていいましたよ」

「なんだか、変な嘘だわね」

「こっちの苦労も考えてみなさいって……」

柳川の役所の電話に出たのは、誰か知らないが、あっさり柳川の自宅の電話番号を教えてくれたという。

「それで、柳川さんへ電話をしたら、奥さんらしい人が出てね」

「ちょっと……」

慌てて、はるみは遮った。

「柳川さんの奥さん、家にいたの」

「そうよ」

「何時頃……」

「二時か、二時半ぐらい……」

それでは、まだ自宅にいても不思議ではない。

「あんた、柳川さんの奥さんも一緒に行くっていったじゃない」

なじるような姉の口調に、はるみは笑った。

「そうですよ、奥さん、一つあとの列車でみえるの」

まだ着いていなかったところをみると、新宿を三時頃の特急だろうか。

「なんだか、柳川さんの奥さんの様子、変だったわよ」

「変って……」

「妹がいつもお世話さまですっていったのに、ろくな挨拶もしないで……」

「出かける前で、急いでいたんじゃないの」

二時か二時半なら、それに違いないとはるみは思う。

「妹が柳川さんと松本へ行ったんだけど、今夜の旅館をきいてなかったのでっていったら、いきなり切っちゃったのよ」

電話口で、けいはかなりむくれている。

姉のいい方がぞんざいだったか、なにか電話が混線でもして切れたのではないかと、はるみは思った。

そんなことよりも、前田芳夫の娘が大阪からやってきたというのが心にかかる。

「それで姉さん、前田先生の娘さんのほうはどうなったの」

「どうにも、こうにも、明日も何時に帰るかわからないっていったら、又、出直して来ますって……」

やれやれと、はるみは思った。

「お気の毒じゃない。大阪からわざわざみえたのに……」

「あんたが居ないんだもの、仕方がないわ」

前田芳夫と再婚するのか、と、けいは電話でどなった。

「そんなこと考えてないわ」

「未亡人になったばかりで、うろうろしなさんな、みっともない」

「別に、うろうろなんてしてませんよ」

「あんたって人は、子供の時から、ちょこまかする癖があるのよ」

「ひどいわよ、姉さん……」

「とにかく、東京へ帰ったら、すぐうちへ来なさい」

返事もしないで、はるみは切った。

人を馬鹿にするのもいい加減にしてもらいたいと思う。

「別に、あたしのほうから、前田先生をくどいたわけじゃありませんよ」

温泉へ入って、さっぱりしようと思い、はるみが服を脱ぎ出したとたんに、又、電話が鳴って、とり上げてみると、柳川であった。

「よろしかったら、食事の仕度が出来ましたが……」

はるみはうろたえた。

東京へ長電話をしていて、一風呂あびる時間もなくなってしまったのが残念である。

「すぐ参ります」

脱ぎかけた服を又、着た。

柳川の妻は、もう着いて入浴もすませたのかと思う。

「本当に、あんたは愚図なんだから……」

という姉のいつものせりふが耳に聞えるようで、はるみは口惜しい気がする。

ざっと化粧だけ直して、時計をみた。

うっかりしていたが、もう八時であった。

五時に松本へ着いて、それから、ここへ来るのに二時間はたっぷりかかっている。

八時になっていて当然であった。道理で空腹である。

柳川の部屋へ行き、声をかけて中に入った。

柳川はビールの栓を抜いている。

「あら、奥様は……」

思わず訊いたのは、部屋のどこにも柳川の妻の姿がみえなかったからで
「実は、申しわけないんですが、家内が今夜、来られないと連絡がありまして……」

ビールを二つのコップに注いで柳川がいい出した。

子供の学校のことで、予定よりも一列車遅れてこっちへ来る筈の柳川の妻であった。

「学校の帰りに気分が悪くなったんだそうです。このところ、いささか更年期のようで、よく、そんなふうになるんですよ」

「それじゃ、お出でになれないんですか」

気が抜けて、はるみは柳川の真向いの席へすわり込んだ。

「すみません。家内もたのしみにしていたんですが……」

どうぞと勧められて、はるみはビールのコップをとった。柳川は待ちかねたように、一杯のビールを一息に飲み干す。湯上りの咽喉に如何にも旨そうであった。

「申しわけないのは、私のほうですわ。折角、おそろいで御旅行の出来る筈でしたのに……」

姉が柳川家へ電話した時、柳川夫人の様子が可笑しかったというのは、体の具合が悪かったためだと、はるみは解釈した。

「更年期って、かなりお悪いんでしょうか」

はるみ自身は五十歳近くにもなっていて、まだ更年期の自覚がない。

「男には、よくわかりませんがね、まあ、年が年ですから……」

そんなふうにいって、柳川がビール瓶に手をのばしたので、はるみは慌ててそれをとり上げてお酌をした。

部屋の玄関の開く音がしたのは、ちょうどその時で、女中の声が廊下のほうからなにか叫んでいる。

なんだとふりむいたはるみの眼に、髪を乱し、眼を血走らせて入って来た女の顔が映った。

「あなた、よくもよくも、こんなこと……」

金切り声で女が叫び、柳川が座布団から腰を上げた。

「青山さんの奥さんと、いつから、こんなことになっていたんですか」

はるみも思わず、立ち上っていた。

なにがどうして、こんなことになったのかわからない。

「落着きなさい」

叫んだ柳川の声が上ずっていた。

「柳川さんの奥さまですか」

はじめまして、と挨拶しかけたはるみに相手は眉をつり上げた。

「まあ、図々しい。いくら御主人が歿って寂しいからって、人の亭主に手を出すことはないじゃありませんか」

それで誤解の内容が、はっきりしたと、はるみは思った。

「冗談じゃありませんよ。あたしは別に……奥さまの誤解です」

「弁解は無用よ」

「弁解じゃありません」

ぴしっとしたはるみの調子に、柳川の妻は僅かに逆上の中から自分を取り戻したようである。

こんな場合なのに、はるみは自分がひどく冷静に喋っていることが不思議であった。第一、赤の他人の前で、これだけ長広舌をしてのけたのも、生まれて初めてのような気がする。

とにかく、相手の誤解を解こうとして必死であった。

自分が何故、柳川と松本へ来たかを、筋道たてて大体話し終えた時、それまで度肝を抜かれて、はるみを眺めていた柳川の妻が思い出したように叫んだ。

「嘘だわ。よくもぬけぬけとでたらめをいうわね」

「嘘じゃありませんよ、柳川さん、そうですよね」

はじめて、はるみは柳川をふりむいた。あとで考えてみれば、それまで柳川が一言の釈明もしないでいたのは可笑しなことだったが、動転していたはるみは、まだ、そのことに気づかなかったのだ。

ふりむいてみてわかったのは、柳川が死人のように蒼ざめていることであった。

柳川はよくよくの恐妻家だと思い、はるみはいささか歯がゆくなった。

「ちょっと、なんとか、奥さんにおっしゃって下さいよ」

はるみにどなられて、柳川はあやつり人形のように上体を浮かし、かすれた声でいった。

「頼む、美知子、今夜のところは黙って帰ってくれ」

驚いたのは、はるみであった。

「柳川さん、なにいってるんですか。奥さんに帰って頂く必要はありませんよ。ちゃんとわけを話して……」

柳川の妻の美知子がヒステリックに笑い出した。

「猿芝居はやめて下さいよ。柳川が役所の研修所を作るお手伝いをしているって……冗談じゃありません。役所をくびになった者が、どうして役所の仕事をするんですか」

柳川が突然、けだものじみたうめき声を上げて、美知子につかみかかるような手つきをした。

「黙れッ、黙らないか」

はるみは、きょとんとした。

「柳川さん、お役所をくびになったって……」

「そうですよ」

分別を失った顔で、美知子が喚いた。

「この人はね、役所のお金を横領したんです。なんで、そんなお金が必要だったのか、今、わかりましたよ。あんたのような色気違いにひっかかって……いったい、柳川からいくら金をしぼりとったんですか」

はるみも、いささか逆上した。

「なにいってるんですか。あたしは柳川さんに一千万のお金を出資しようとして……」

いいかけて、はるみは自分の言葉に、はっとした。

漸く、変だと気がついたのだ。

「柳川さん、今、奥さんのおっしゃったことは本当ですか」

柳川が顔中を口にして叫んだ。

「気違いだ。この女のいうことは気違いだ」

眼は吊り上り、額には脂汗が浮んでいる。

どうみても、柳川の様子は可笑しかった。これは考えねばならないと思い、はるみはこの部屋を出ようとした。

「柳川さん、あたし、失礼しますよ」

歩き出すと、柳川の妻が武者ぶりついて来た。

「逃げるの」

「違いますよ」

軽く突いたつもりが、力が余ったのか、柳川の妻は、よろけて畳に尻餅をついた。

柳川がなにか叫んだが、はるみはとり合わないで、まっしぐらに自分の部屋へ来た。ボストンバッグに、一度出したものを手早くつめ込んでいると、おそるおそるといった恰好で女中が様子をみに来た。

「すみませんが、今から松本へ行くと、東京行の列車があるでしょうか」

「夜行なら、ございます」

はるみが帰るのを予期したような返事であった。

「すみません、松本駅までタクシーを……」

ボストンバッグを持って、部屋を出た。

柳川の部屋の前には、女中が二人、突っ立っている。

なかからは、女の泣き叫ぶ声が聞えた。

「冗談じゃないわ。あたし、そんなつもりで来たんじゃないのに……」

独り言を呟いて、女中の顔をみると、これは、はるみと視線を合さないようにして愛想笑いを浮べている。

「いい加減にしてもらいたいですよ。この年で色恋が出来ますか」

腹が立って来て、はるみはどなりながら旅館の玄関へ出た。

いい具合に遅く着いた客があって、その乗って来たタクシーを女中が大声で呼びとめている。

そそくさと玄関を出るはるみに、帳場から番頭らしいのが、とび出して来て訊いた。

「あの……お勘定は……」

はるみのかんしゃく玉が爆発した。

「あたしはお風呂も入ってないし、食事も頂いていないんです。それでもお勘定をとるなら、柳川さんからもらって下さい」

タクシーへ乗り込むと、番頭も女中も納得したような表情で見送っている。

松本駅までは、思ったよりずっと近かった。

夜道のことでスピードも出ていたのだろうが、柳川の運転で一時間以上もかかったのが嘘のようである。

列車の時刻表を見上げると、成程、急行列車が一本ある。

切符を買い、すぐプラットホームへ出て売れのこりの弁当とお茶を買った。

急行列車はシーズンオフということもあって、がらがらであった。

一車両に十数人といったところだろうか。

座席二つを占領して、はるみは靴を脱いで、横ずわりをし、スカーフを出して膝にかけた。

これから朝まで列車に揺られて行くのかと思うと、うんざりであった。

それにしても、柳川は可笑しいと思った。

彼の妻のいうのが嘘でなければ、公金を横領して役所をくびになった男が、どうして、その役所の研修所の建設のために、出資者を集めたり、世話人のような仕事をしているのだろうか。

柳川の妻がでたらめをいったとは思えなかった。

いくら非常識でも、自分の夫が公金横領の上、役所を辞めたとは、嘘で出る言葉ではあるまい。

弁当を食べ、お茶を飲みながら、はるみは柳川の言葉を最初から丁寧に思い出してみた。

今になって思うと、話のそもそもからして辻褄が合わないような気がする。

いくら、マスコミがうるさいからといって、れっきとした役所の研修所を、退職者の出資で建設するというのが奇妙であった。

出資した金が十年で三倍になるというのも旨すぎる。

列車は、がたんごとんと単調な響きをくり返して走っていた。

時々、停車する駅も閑散として、わびしい限りである。

神経も肉体もへとへとに疲れているのに、頭の中は冴える一方であった。

まっくらやみの車窓をみつめていると、空に星があるのがみえた。

泣き出したい気持であった。

もしも、柳川がはるみを欺そうとしてかかったというなら、なんという男だろうと思う。

夫に死なれて、退職金だけを頼りに新しい生活へ足をふみ出そうとしている初老の女を餌食《えじき》にするとは。

夫が先輩として面倒をみてやった柳川であった。

夫の法事の時には浜松まで焼香に来てくれた殊勝な男である。

少くとも、彼の公金横領が発覚したのは、あのあとのことだろう。

なまじっか、彼が親切だっただけに、この結果は情なかった。世の中の誰もが信じられない気がする。

ハンドバッグを膝の上に抱いて、はるみは涙を拭いた。

車内のどこからか鼾がきこえていた。

なくなった夫も、よく鼾をかく人だったと思い、はるみは今更ながら亡夫が恋しくなった。普段は愛だの恋だのとは無縁なように暮して来たのに、夫婦の情愛は片方に死なれてみて、はじめて解るものらしい。

ニューヨークから

新宿へ着いたのは、朝の五時であった。

タクシーで、はるみは青山にある姉のマンションへ乗りつけた。今は少しも早く話し相手が欲しい。

街には、こんな早朝なのに、もう活動を開始している人々があったが、マンションはまだ眠っていた。

岩下と名札の出ている部屋のブザーを三度続けて押すと、寝ぼけた声で

「どなた」

という、けいの声が返って来た。

「あたし、はるみですよ」

徹夜をしたせいか、声がしゃがれていた。

「はるみ……」

慌てたようにドアがあき、寝乱れ髪のけいが浴衣地のパジャマで立っている。

「どうしたのよ、あんた……」

ボストンバッグを下げたまっ青な顔の妹を眺め、手をひっぱって部屋へ入れた。

「なにか、あったの」

「姉さん……」

我にもなく涙が出て、はるみは堰《せき》が切れたように喋り出した。

松本に着いてからのこと、旅館へ入ってからのこと、気がついてみると、いつの間に起きて来たのか、要介も咲子もパジャマのまま、リビングに居る。

「そりゃ、はるみ、危く一杯食うところだったのよ」

妹の話が、ほぼ終ったところで、けいが断定的にそういった。

「姉さんも、そう思う」

「最初から可笑しいと思ったわ」

けいはいささか得意気に鼻をうごめかした。

「だから、あんたに信州へ行ってみなさいっていったのよ」

「行かなきゃよかったわ。こんなことになるなんて……」

「話が、大体、旨すぎたわよ」

「待ちなよ」

声をかけたのは要介で
「とにかく、役所のあく時間になったら、僕が行って、誰かに話をきいてくるよ」

青山成一の同僚の名を訊いた。

「叔母さんは昨夜、寝てないんだから、横になって待ってて下さい」

「あたし、家へ帰るわ。ここじゃ、落着かないし……」

話すことは話してしまったし、要介がそういうなら、要介にまかせて、家へ帰って一休みしようと思う。

「よかったじゃないの。一千万、出してしまってたら、とり返しのつかないところだったわよ」

姉にいわれて、はるみはほっとしたり、又、しょんぼりもした。

だから、あんたは間抜けだといわれたようなものである。

「慎重にしなけりゃ駄目よ。世の中、善人ばっかりじゃないんだから……」

なにをいわれても、いい返す元気もなくて、はるみは広尾のマンションへ帰って来た。

要介は寝て待てといったけれども、気持が昂ぶっていて眠れたものではない。

部屋の中は、昨日、慌しく出かけた時と同じ状態であった。

急須と茶碗はテーブルの上にのせたままだし、着がえて行った普段着が椅子の背に丸めてある。一人暮しであってみれば、当然のことなのに、今朝のはるみは、そんなことまでがわびしかった。

ポットの中の湯は、もう冷めかけている。それを台所へ持って行って湯わかしにあけ、ガスに火をつける。

いつもと同じことを、いつもと同じようにやっている自分を、別のはるみが情ない気持で眺めているようであった。

それにしても、未亡人になって、まだ半年かそこらで、この有様ではこの先どうなることかと胸が痛い。

お茶を二、三杯飲んだだけで、午前中を、はるみはなすこともなくすわり込んでいた。

要介がやって来たのは、午後になってからで
「笹巻き鮨を買って来ましたよ。どうせ、お昼も食べないでいると思ったから……」

大きな折をテーブルの上へ置いた。

「中久保さんにあって、すっかりとまでは行きませんでしたが、大体の話はきいてきましたよ」

中久保という男を、はるみは知らなかったが、青山成一と同じ役所の部長クラスで
「僕の大学の先輩なんですよ。勿論、むこうは歿った叔父さんを知ってました」

もっとも、要介の話によると、最初、中久保の口は、大変に固かったというのであった。

「柳川さんについて知りたいといったんですがね。事情があって、すでに退職しているというだけで、何故、退職したのか、理由はどうしても喋らないんです」

もっとも、役所でも民間会社でも、公金横領などというのは、絶対に世間へ洩れないように内輪で解決してしまうのが常識だから、もしも、柳川がそうした事件を起して退職したとしても、中久保が外部の人間に容易に口を割らないのは、むしろ当り前なのだと要介は、はるみに説明した。

「それで、僕はざっくばらんに、柳川さんが叔母さんに持ちかけた話を中久保さんにきいてもらったんですがね。流石に、彼、びっくりしてましたよ」

「やっぱり、でたらめだったのね」

恥かしさで、はるみは体中が熱くなった。

欲に目がくらんで、柳川の旨い話に乗った自分を、かつて夫の同僚だった中久保が、どんなにあきれて、要介の話をきいただろうと思う。

「叔母さんだけじゃなかったそうですよ」

柳川の口車に乗せられて、大金を詐取された者が、何人かいるらしいと要介はいった。

「みんな、今年の春に、勧奨退職をして、予想以上の退職金を手にした連中のようですがね」

くわしいことは、中久保も知らないのか、知っていても、要介に話す気がなかったの

か、その点は微妙だが
「青山さんの奥さんのところまで、手をのばしていたとは……」

と憮然たる面持だったという。

勿論、松本郊外に研修所を建築するというのは、まっ赤な嘘で、はるみが連れて行かれた場所は
「精神病の病院の建設予定地だそうです」

「病院……」

開いた口がふさがらない思いであった。

「人馬鹿にして……」

「全く、人を馬鹿にした話ですが、金を出す前で本当によかったですよ」

折詰の包を開き、要介は自分で台所へ行って小皿と醬油を持って来た。

さあ食べましょう、といい、自分から箸をのばす。

「他の方は、お金をとられたの」

「被害にあった人もいるようですよ。中久保さんは苦り切ってましたから……。下手にニュースになると、勧奨退職金の問題とか、役所の体質とか、叩かれる部分が多すぎますからね」

「表沙汰になると、私の名前も出るのかしら」

はるみは泣きたくなった。

「大丈夫でしょう。叔母さんの場合は未遂だし、中久保さんにも口止めはして来ました」

再三、要介に勧められて、はるみも箸を取ったが、食欲はない。

「考えてみれば叔母さんはラッキーですよ。柳川の女房がやきもち焼いて、旅館へ乗り込んで来て、こういうことになったんですからね」

「でも、いやだったわ。あんないやな思いをしたのは、生まれてはじめて……」

「いやなことは早く忘れたほうがいいですよ。大の男でも柳川にひっかかって金を出したくらいだから、叔母さんがひっかかりかけたのだって、そう恥ともいえないでしょう」

「とんだ舌切り雀だわ」

突然、ブザーが鳴って、はるみは要介の顔をみた。

「柳川さんかしら」

「まさか」

要介が立って行ってドアをあける。

若い男かと、一瞬、はるみは思った。

グレイの背広風の上下に、シャツを着て男物のネクタイを結んでいる。

が、よくみるとスラックスは裾へ行って、ぐっと細くなっている近頃のファッションであった。髪は短く、化粧はしていない。

「ミセス青山は、あなたでしょうか」

若い女が、はるみにいった。

「君は、どなた」

はるみが返事をする前に、要介が聞き返す。

「ユウは、息子……？」

「いや、甥……」

オオ、アイ、シイと、娘は日本人ばなれのした発音でいった。

「マイネーム、イズ、奈々子・前田。前田芳夫の次女です」

悠然と名乗られて、はるみは気がついた。

「それじゃ、前田先生の、ニューヨークへ行ってらっしゃるお嬢さん……」

前田奈々子は人を喰ったような笑顔を浮べ、手に下げて来た発泡スチロールのパックを突き出した。

「これ、アメリカンビーフ、おいしくはないけど、安いから……」

お土産という意味らしい。

「お土産をもらったから、いうわけじゃないけど、叔母さん、とにかく、上ってもらったら……」

要介にいわれて、はるみは、いささか度を失ったまま、奈々子をリビングへ招じ入れた。

みればみるほど、変った恰好をしている。

玄関に脱いだのは、ウエスタンブーツとでもいうのだろうか、西部劇に出てくる男達が履いていそうな代物だし、部屋へ入って上着を脱いだところをみると、ワイシャツの胸に大国主命《おおくにぬしのみこと》がぶら下げているようなネックレスをじゃらじゃらさせている。同じようなのは腕にも巻いてあって、おまけにごつい感じの指輪を両手に三つ四つはめていた。

「ビーフ、冷凍してあるから、パックから出して冷蔵庫に入れておくと、多分、明日の夜ぐらいには、ステーキに出来ると思う」

そんな指図をして、長い脚を悠々と組み、ポケットから男のような仕草で煙草をとり出した。

「あたしゃ、日本茶は飲まないから、もし入れてくれるなら、アメリカンコーヒーのぐっと薄い奴をブラックでよろしく……」

「アメリカンコーヒー……」

きょとんとしたはるみに、要介が助け舟を出した。

「叔母さん、僕が作るよ」

お土産のビーフを下げて、要介が台所へ入り、仕方なく、はるみは奈々子の前の椅子へ腰を下した。

「いつも、お父様にはお世話になりまして」

なにかいわねばならないと思い、そんな挨拶をしたのに
「小母さん、うちのパパと結婚する気あるのかね」

相手は、まことにストレートにパンチをくり出して来た。

「パパは、もうすっかりその気になっちまって、ネクタイは派手になるわ、毎日、ジョギングで体をきたえるわで、大張り切りだけど」

マシュマロみたいに白い、はるみの顔が年甲斐もなくまっ赤になった。

奈々子の声は遠慮がないから、当然、台所にいる要介の耳にも入っている。

否定しなければ、とはるみは焦った。が、度肝を抜かれすぎているので、旨い具合に言葉が出て来ない。

「うちの親父さんが、小母さんにプロポーズしたってのは、本当なんだろう」

乱暴な言葉づかいだが、声に愛敬があるせいか、それほど不快感を与えない喋り方であった。

「とんでもない、いつか哲夫さんがそんな話をしていらっしゃったけど……私は……」

おずおずと顔を上げたはるみへ

「小母さんのほうは、その気がないのかあ」

髪の毛をぐしゃぐしゃとひっかき廻した。

「いえ、その気があるとかないとかいうんじゃなくて、私も未亡人になって、まだ半年ですからね」

いくらか、はるみも落着きをとり戻した。

きいたふうなことをいっても、相手は自分の娘ほども年下の女である。

「半年もすりゃあ、再婚出来るんだよ」

「法律はそうでも、気持の問題は、半年やそこらで整理は出来ませんよ」

「ご主人を愛してたわけ……」

「長年、連れ添ってくれば、敵同士でもない限り、情愛が湧きますよ」

「そういうもんかねえ」

奈々子は形のいい鼻の上に、猫のような皺を寄せた。

「うちの親父さん、もう夢中なんだけどさ」

パパがいつの間にか、うちの親父さんになっている。

「冗談じゃありませんよ。あたしのようなお婆さんを……」

「あたしも、年齢きいた時、そう思ったけど、小母さんって若いねえ、なんていうか、童女みたいな雰囲気持ってるし……」

「おだてたって駄目ですよ」

「あんまり苦労がなかったのかねえ」

はるみは絶句した。

五十にもなって、二十代の娘から苦労がないといわれれば、返す言葉もなくなってしまう。

「人馬鹿にして……あたしだって人並みの苦労はしています」

「たとえば……」

「たとえばって……そもそも、母が割合早くに歿りましたからね」

適齢期に結婚しそびれたのは、そのためであった。

姉のけいはすでに結婚していて、家には父とはるみだけであった。はるみが嫁に行けば、父は一人になってしまう。

「その程度の家庭の事情なら世の中掃いて捨てるほどあるよ。あたしだってそうなんだもの」

要介がコーヒーを運んで来た。

奈々子の前に置いたのは、紅茶茶碗であった。コーヒー茶碗はもう一つサイズの小さいのが六客分揃っている。

「アメリカンコーヒーは、大きな茶碗でないと具合が悪いんだよ。馬の小便みたいに薄くしたのを、がぶがぶ飲むんだから……」

奈々子がいやな顔をした。

「あんた、デリカシイがないね。表現が悪すぎるよ」

「馬の小便か」

「アメリカンコーヒーになにか怨みでもあるの」

「コーヒーにうるさい男ってのは、セックスにスタミナがないそうよ」

「僕は、馬の小便をコーヒーとは思っていないのでね」

「馬の小便をがぶのみする女は、セックスの途中でトイレに行くってね」

聞いていたはるみの方が居たたまれなくなった。

「よしなさい、あなた方……なんて、はしたない」

若い二人が声を揃えて笑った。

「君、よした方がいい。叔母さんには刺激が強すぎるよ」

「可愛い人なんだね。あんたの叔母さん、パパが惚れるのも無理はないや」

「そんなに惚れてるのか」

「寝てもさめても、はるみさん、はるみさんっていってるよ。ニューヨークから帰って来て、びっくりした」

「ニューヨークから、いつ、帰ったの」

「昨日だよ」

「なんのために……」

「姉さんが、親父の再婚に反対してるってから……」

「君の姉さん……」

「大阪からニューヨークまで電話して来たんだよ。電話料、安くないのに……」

「君は反対じゃないのか」

「反対したって仕様がないでしょう、親父は親父、娘は娘……」

「しかし、本質的には……」

「いいじゃないか。残り少き親父の人生、せめてもう一度、薔薇色に輝かしてやったら」

男のような声で笑って、奈々子はコーヒーを飲んだ。

「で、叔母さんはどうなの」

要介が、はるみをふりむいた。

「前田先生ってのは、なかなかのハンサムだったけど……」

「大人をからかうもんじゃありませんよ」

はるみは少々、威厳を持って、甥をたしなめた。

「小姑が一人、反対してるってのは厄介だけど……」

「姉さんは、あたしが説得するわよ。結婚してるくせに、人情がわからないんだから」

「あたしは今のところ、結婚なんて考えてませんよ」

いささか、きっぱりしすぎると自分でも思いながら、はるみは二人を遮った。

「前田先生だって本気じゃありませんって」

「いえ、パパは本気よ」

「お気持だけ、一生の思い出に大事に頂いておきますから……」

「殺し文句だな。小母さん……」

さっぱりした声で笑い、奈々子が腰を上げた。

「まあ、今日のところは帰ります。親父の気持をとっくり観察した上で、また、小母さんをくどきに来るかも知れないけど……」

「先生のお気持を傷つけないで下さいね」

心配になって、はるみは娘を追いかけて玄関まで行った。

「先生は、私にはもったいないほど立派なお方なんです。もっと若くて、きれいな方と再婚なさったら……」

「そういうけどね、小母さん」

ブーツをはきながら、奈々子が答えた。

「娘みたいな年齢の女と再婚してごらん。親父は一、二年でぽっくり逝っちまうよ。その点、小母さんなら、親父の重荷にもならないだろうし……」

ネックレスとブレスレットをじゃらじゃらさせながら、立ち上った。はるみの脇に立っている要介をみて、にやりと笑う。

「あんた、名前は……」

「岩下要介……」

「独身……」

「目下のところ……」

「恋人は……」

「いるよ」

奈々子がウインクした。

「そいつは残念……じゃあね」

蹴とばすようにドアを開けて閉めた。ブーツの音が廊下をすばやく遠くなる。

「なんて人だろう」

はるみは嘆息をついた。

あんな娘がいるのでは、とても前田芳夫の後妻になる気持はない。

「面白い女じゃないか。さっぱりしてて」

「男みたいだわ」

「俺より、男っぽいね」

リビングへ戻って来て、はるみのためにいつものコーヒーを入れてくれた。

「叔母さん、ものは相談だけど……結婚する気がないのが本当なら、僕の計画きいてみてくれないかな」

自分も、こっくりしたコーヒーの味をたしかめるように飲みながら、そっとはるみの顔色を窺った。

「結婚なんて今更……」

少し、オーバーに、はるみは顔をしかめる。

気持の中は、それほどすっきり片付いているわけではないが、この際、前からの行きがかりでそういわざるを得ない。

「なんなのよ、要ちゃんの計画って……」

「実は、まだお袋にも話していないんだけども……」

要介は顔を上げて、遠くをみるような眼をした。子供の時から慎重な性格で、なにかを考えた末、口に出す時、彼は必ずそういう表情をする。

「ペンションをやろうかと思ってる……最初はレストランとも考えたんだけど」

「ペンション……」

舌を噛みそうになり、はるみは要介を眺めた。

「ペンション、知らないのかい」

「いえ、知ってますよ」

歿った夫が、退職後、奥浜名の土地にペンションでも建てて老後を送りたいといったのを、漸く思い出した感じである。

「今、ブームなんだよ」

今年の夏、信州あたりの高原には、続々とペンションが建ち、若者達の人気を集めたと要介はいった。

「ペンションって、どんなものなの」

好奇心を持って、はるみは訊いた。

「本来の意味は下宿かな、でも、今、ブームになっているペンションってのは、イギリスなんかにあるミニホテル、ヨーロッパにはよくあるんだよ。フランスではパンシオン、ドイツではペンジオンかな。大抵が家族だけで経営している。部屋数もせいぜい十室とか十五室ぐらいで、家庭料理でもてなして……ホテルへ泊るより、ずっと格安なんだ」

「民宿じゃないの」

毎年、夏になると海水浴場に近い農家などが、学生や家族連れを相手に俄か旅館のアルバイトをしている。

「まあ、西洋民宿ってなもんだが、そういっちゃいけないんだよ、あくまでもペンションでなけりゃ……」

外観は、ヨーロッパ風の洒落た造りにして、内容もほぼ、小さなホテルという恰好にする。

「この夏、妙高だの、あのあたりのペンションをみて廻ったんだけど、山小屋風のが多かったね。ロビイには薪をもやす暖炉を中心にして、食後、みんなの集るスペースが作ってある。経営者が、ギターをひいたりして、夜更けまでフォークソングなんか歌ってるんだよ」

食事はダイニングルームがあって、大方がちょっとしたフランス料理を中心にしている。

「部屋はツインベッドで、そう広くはないが、清潔を売りものにしているんだ」

経営者は脱サラリーマンが多かったと要介はいった。

「みんな若いんだよ、三十代の夫婦が圧倒的に多かった」

「だって、要ちゃん……」

はるみは率直に合点の行かない顔をした。

「そんな若い人が、どうやって経営者になれるのよ」

三十代で会社を退職したとすると、退職金は知れたものである。

「ペンションっていったって、安いお金で出来るものじゃないでしょう」

要介がポケットから分厚いノートをひっぱり出した。ぎっしりと彼の字が書き込まれている。

「妙高のペンションの場合ですとね」

ノートをめくって、要介が説明しはじめた。

「百坪ぐらいの土地を購入するのに五百万から七百万……建坪を七十坪程度として、坪三十万から四十万ぐらいの建築費なんです。合計、三千万から四千万ぐらいでペンションが建つんです」

「でも、大金だわ」

「都内でいえば、下手なマンション買ってもそのくらいかかるでしょう」

「それはそうだけれど……」

今、はるみの住んでいるのが、買った当時、三千万少々であった。

「それに、金は最初、土地の購入費だけでいいんですよ。土地を買って、それを担保にして、建築費をローンで借りる。僕の調べたところでは、土地を買うのも頭金だけ、大体、百五十万とか二百万とか払ってという人が多かったな」

「借金だらけで、はじまるわけね」

「ペンションはじめて三年目って人にきいたんですが、大体十二室で、一年目が八百万円、二年目が千四百万円、三年目の今年が夏の終った時点で二千万近い売り上げだったそうですよ。家族で経営しているから、経費は三割そこそこだっていいます。悪い商売じゃないでしょう」

一年に一千万円の売り上げなら、七百万程度の収入になる。

「借金なんか、すぐ返せるそうです」

ですが、と要介は真剣にいった。

「僕は、なにも、そう簡単にペンション経営が成功するとは思っていません」

なまじっかブームになり出しただけに、雨後のたけのこのようにペンションが乱立する傾向がある。

「ブームが去ったとき、生き残るのは、やっぱり、しっかりした建物と設備があり、サービスが行き届いて、料理の旨い、本物のペンションだと思います」

どうせやるからには、そういうペンションを建てたいと要介はいった。

「前から計画を立てていたんです。会社をやめたのもそのためだし、料理学校へ行っているのも、その下準備です」

要介の眼が輝いていた。若者らしい夢のある、いい眼をしていると、はるみは思った。

「叔母さん、スポンサーになってくれませんか」

「スポンサー……」

「奥浜名の、叔母さん名義の土地を拝借したいんです」

立地条件は抜群だと、張り切っている。

「湖のほとりです。周りには静かな林があり、近くには歴史のロマンを語る名所旧蹟がありま す」

「あたし名義の土地って……どこだか、要ちゃん知ってるの」

はるみですら、何年も前に夫とそのあたりを訪れて、こんな田舎の寂しいところに土地があっても、たいしてあてには出来ないなどと思ったものである。

「花緒さんに教えてもらいました」

花緒の名前を口にした時、要介は柄にもなく照れた。が、はるみは、うっかり見逃していた。

「奥浜名が、あんないいところだとは思いませんでした。すごくエキゾティックだし、まわりに旅館もないし……」

ちょっと離れたところに、高級ホテルが一軒あるだけであった。

「湖に面したところを、百坪だけ、僕に貸して下さい。勿論、地代は払います」

「なにいってるのよ。要ちゃんから地代をもらおうとは思わないけど……」

建築費はどうするのかと、はるみは訊いた。

「僕が三百万ほど持っています。咲子が、お袋が嫁入り資金にって貯金してある中から百万融資してくれるといってます。花緒さんが百万出すといっていますし……」

「あんた達、三人でやるつもりなの」

「咲子はまだ大学生なので……一応、僕と花緒さんの共同経営です」

そこまでいわれても、まだ、はるみは要介と花緒の間柄に気づかなかった。

単に、ペンション経営で若い二人が協力し合うと解釈している。

「あとは土地を担保にして、銀行から金を借りたいんですが、これは、叔母さんの名前でないと借りられません」

土地の持主は、はるみであった。

「とにかく、僕の計画をここに書き出してみました。まだ完全なものじゃありませんが、参考に読んでみて下さい」

別に紙袋の中から、スクラップブックを出した。ペンション経営に関する新聞や雑誌の切り抜きがぎっしりはりつけてあり、ところどころに、赤ペンで傍線まで引いてある。

要介が帰ってから、はるみはじっくりスクラップブックを読んだ。

若い人は、なんと大胆なことを思いつくものかと思う。

無茶苦茶といえば、この上もなかった。

彼らの資金は五百万円だけである。土地も、残りの金も、はるみをあてにしている。

そんなあたりが、危っかしいといえばいえた。

それでも、はるみは偶然の一致に心を奪われていた。

亡夫がペンションでもといった奥浜名の土地で、今、甥の要介が自分達の力でペンション経営に乗り出したいと持ちかけて来た。

男の気持

前田芳夫は、このところ、極めて快適な朝を迎えていた。

年のせいか、目覚めは早くなっている。

別に目ざまし時計をかけるわけではないが、五時というと必ず眠りがさめてしまう。すぐ起き出したいのを我慢して、分厚いカーテンのむこうにある朝の気配を窺ってみる。

幸い、今朝も雨は降っていない。

そのまま耳をすましていると、隣室で娘の奈々子が起き出す気配がする。

いつもは誰に憚《はばか》ることもなく、威勢よく窓を開けたり、男の子のように口笛を吹いたり、時にはダンスのステップをふみながら着がえをしたりするのだが、ここ、二、三日は音を立てないように気をつけている。

何故かといえば、転勤で大阪へ行っていた姉娘の治子が東京出張とかで帰って来ていて、奈々子のもう一つむこうの彼女の部屋に泊っているからである。

その部屋は、ツインのベッドルームで、もともとは芳夫夫婦の寝室であった。妻が歿って、治子が結婚してから、娘夫婦の部屋になり、治子の大阪転勤以後は、仕事でよく上京してくる治子の夫の仙田哲夫が泊り込むことが多い。

その隣りが次女の奈々子の部屋だが、彼女はニューヨークへ行っていて、とかく留守がちであった。

今、芳夫が使っている寝室は娘時代の治子の部屋であった。その名残りが壁紙のきれいな花模様である。

このマンションを買う時、娘達は各々、自分の部屋を自分の好みのインテリアで統一した。

奈々子の部屋は病院みたいに真白な壁紙、真白な天井、まっ白な家具、そしてベッドカバーとカーテンが白と黒のアブストラクトという大胆なのに対して、治子の部屋はお花畑のような壁紙とロココ風の家具で象徴されるロマンティックな娘らしい雰囲気であった。

家具のほうは、結婚と同時に、とりかえた父親の寝室へ運んでしまったから、この部屋で、治子の匂いのするのは、壁紙だけになってしまった。

「お父さんの部屋らしく、壁紙をはりかえたら……」

と娘達はいうが、芳夫はこれで満足していた。

最愛の娘の匂いを殊更消す必要は全くないと思っている。

起き上って、トレーニングシャツとズボンを身につけた。厚手木綿の靴下は、これも、夜の中に娘が洗濯してあるのを、ちゃんとトレパンの上にのせておいてくれる。

身仕度をしてから、ベッドをざっととととのえて、ベッドカバーをかぶせた。

妻が歿ってから、なるべく身の廻りのことは他人に厄介をかけないように気をつけている。

足音を忍ばせてリビングへ出た。

奈々子が、これもトレーニングスタイルで洗面所から出てくるところであった。

「お早う、パパ、早く顔洗ってらっしゃい」

「ちょっと、曇ってるか」

「走ってる中に、晴れてくるわ」

父親が洗面をすませてくる間に、奈々子はリビングをざっと整頓してしまう。

芳夫は先に玄関へ出て、娘のと自分のと二人分の運動靴を出した。奈々子と並んで靴の紐を結ぶ。

マラソンのコースは、神宮外苑を一周であった。

風が今朝はひんやりとした。

「寒くないか」

軽い体操をして走り出した娘に訊いた。

「ニューヨークは、もっと寒いよ」

奈々子は父親のペースに合せて悠々と走りながら、時々、跳躍をしたりする。

このコースをマラソンする人は案外、多かった。

大方が芳夫の顔なじみであった。

「お嬢さんとご一緒ですか」

「ニューヨークから、お帰りになったので……」

「羨しいですな。親子マラソンとは……」

さまざまの人から、さまざまに声をかけられて、芳夫は満足であった。

すらりと背が高く、プロポーションのいい娘であった。容貌も女優になったくらいだから、なかなかの個性的な美人であった。

どちらかといえば、エキゾティックな顔である。

娘をみせびらかして走っている気分であった。一時間のマラソンだが、本当はもっと走り続けてもいいと思う。

マンションへ帰ってくると、奈々子が先にシャワーを使った。続いて、芳夫が入浴する。

出てくると、コーヒーがいい香で沸いている寸法であった。

テーブルの上の新聞をとり上げてコーヒーを飲む前に、これも奈々子が用意してくれた果物と野菜のミックスジュースを一杯飲む。

「姉さん、起きなさいよ、七時だわ」

奈々子が奥の寝室へ声をかけて、台所へ戻ってくると、手ぎわよく蕎麦粉《そばこ》のホットケーキを焼き出すのであった。

蕎麦好きの芳夫のために、奈々子が研究した独特のホットケーキで、蕎麦粉と小麦粉を適当にまぜたのを、よくふるっておいて、それで小さなホットケーキをいくつも焼く。焼きたての熱いのにバターかマーガリンをつけて、メイプルシロップをかけて食べるのが、芳夫は大好きであった。

娘が焼いたと思うせいか、誰が作ってくれるのより旨い。

「あんた達、もう少し、どたばたしないで起きられないの」

ネグリジェの上にガウンもひっかけないで、治子がリビングに出て来た。

父親と妹だから、なんの気がねもなく、もしゃもしゃの髪からクリップがはずれかけて、寝ぼけ顔のままである。

「たまんないわよ、こっちは夜遅いのに……」

マラソンに出かける父親と妹の足音で目がさめてしまったと苦情をいう。

これは毎朝のことであった。

「お父さんったら、ドアをばたんって閉めるんだもの」

「気をつけていたんだがね」

芳夫は、ちっとも不快ではなかった。

娘から、どんなにがみがみ文句をいわれても一向に苦にならない。これが女房だったら、反対にどなりつけるところであった。

「勝手に夜更かししているくせになんだ。せめて、もう少し早く起きて、飯の仕度ぐらい、きちんとしておけ」

などとは、決して娘にはいわない。

「蕎麦のホットケーキ、旨いぞ」

顔も洗わずにテーブルについた娘のために立ち上って、コーヒー茶碗と大皿を出してやる。

「朝から、よく食べるわね」

父親と妹を軽蔑したように、治子は眺めた。

「あたしなんて、お午になっても食欲が湧かないのよ」

「姉さんのは運動不足よ」

奈々子が、ホットケーキを焼くのをやめて、自分もテーブルについた。

牛乳を大きなカップに入れて、ゆっくりと飲む。

「運動してる時間なんてないのよ」

「三十分、早くおきればいいのに……」

「寝るだけが、あたしの健康法……」

父親は娘二人の会話を、たのしんでいた。

リビングの中が、華やかであった。

いつもは、芳夫一人でトーストを食べ、牛乳を飲む。

若い娘は、花のようであり、音楽のようであった。

「お父さんも、よく走るわね」

「大事なことよ、パパのように一日、机に向ってる人は……」

「年とってから、あまりマラソンするのよくないんじゃないの」

「お父さんは体力があるわ。一緒に走ってると、よくわかるの、とても若いわ」

芳夫は嬉しさで目がくらむようであった。

どんなバアのホステスのお世辞よりも、娘の賛辞にまさるものはない。

「あんた、ニューヨーク、いつ帰るの」

治子が、父親のもっとも気にしていることを訊いた。

「今度は直接、ロンドンへ行くのよ」

ホットケーキを頬ばりながら、奈々子が屈託なく答えた。

「ロンドン公演に参加することになったから……稽古も、むこうでするの」

牛乳を嚙みしめるように飲む。

ニューヨークでロングランを続けていたミュージカルに、奈々子はかなり重要な役で出演していた。

そのミュージカルが、この秋、ロンドンで上演されることになり、主役の二人と、何人かの脇役がニューヨーク公演のメンバーのまま、ロンドンにも出演することになった。奈々子も、その一人にえらばれたというのである。

「なにしろ、メンバーの大部分は、ロンドンでオーディションを受けてきまった人達でしょう。稽古は最初からやり直しみたいなもので、けっこう大変なのよ」

奈々子は、ちょっと得意そうであった。日本人で、その公演に参加するのは勿論、彼女一人である。

演技力や歌唱力、それに彼女の得意とするダンスの技量もだが、よほどの語学力がないと、外国の俳優と同格に扱ってもらうことは不可能であった。

奈々子は英語は勿論、フランス語、ドイツ語、イタリー語を話せる。

語学には子供の頃から才能があったし、当人も勉強に熱心であった。中学の時に、すでに英語以外の三カ国語を家庭教師について習っていた。

芳夫も、彼女の才能を伸ばすことに協力的であった。夏休みには、彼女の望むままに外国留学をさせた。

まだ、昨今のように、中学高校生の夏季留学が盛んではなかった時代である。

「いつ頃、ロンドンへ行くんだね」

芳夫は幸せに幾分かの寂しさを感じながら訊ねた。

娘がロンドンへ行ってしまうと、又、一人ぼっちの生活が待っている。

「十一月よ。正式にはむこうから連絡が来ることになっているけど、今のところ十一月早々かな」

「まだ一カ月はあるな」

芳夫は、ほっとしていった。

「十一月のロンドンは、もう寒いだろう」

「でしょうね、長い長い冬のロンドンだわ」

「あたしは明日、大阪へ帰るわよ」

治子が口をはさんだ。

「会議は今日でおしまいだから……」

「それじゃ今夜は三人で外で食事をするか」

「食べものは、大阪にかなわないわ」

治子は自分が東京生れではないような顔をした。

「しかし、旨い店もあるよ」

「高いのよ。東京は……高すぎてがっかりするわ」

「ニューヨークも高いけど、東京ほどじゃないわね。大阪だってニューヨークからくらべたら、倍以上じゃないかしら」

妹が姉の大阪びいきに水をかけた。

「ニューヨークから帰ってくると、お肉の高いのに仰天するわ」

だが、奈々子は父親の顔色をみていった。

「三人で食事をするのなら、青山さんをお招きしたら……」

父親はぎょっとしたようであった。心の奥を娘にみすかされて、少々、うろたえている。

「姉さんは反対してるようだけど、一ぺん逢ってごらんなさいよ。そりゃ、いい感じの小母さんよ」

コーヒーをごく薄くした上に、ミルクをたっぷり入れる妹を、姉は眉をしかめて睨みつけた。

「あんた、逢ったの」

「御挨拶に行ったのよ。ニューヨーク・ビーフを持って……お父さんがいつもお世話になっているそうだから……」

「よけいなことをするのね」

治子は、妹より三倍も濃いコーヒーを苦そうに飲んだ。それで、なんとか眠気を追い出そうとしている。

「今更、再婚なんかすることないじゃないの。厄介なだけよ」

「自分は結婚しておいて、勝手なことをいうのね」

「お父さんだって一度は結婚したじゃないの」

「お父さんの人生は、まだ終ってないのよ」

「娘と三人、水入らずが一番いいっていってたのは嘘だったの」

長女にどなられて、芳夫は苦笑した。

「嘘じゃないよ。お父さんの本心だよ」

実際、こうしていると、なにも娘に反対されてまで、青山はるみと結婚しようという気にはなれなくなってくるのが、芳夫の本当の気持であった。

女房に死なれてみて、はじめて独りとはこんなにも解放感のあったものかと思い知った。夜、遅く帰宅して、女房の眠りをさまさないようにベッドへすべり込むスリルもなくなった。

朝帰りをしたところで文句をいう者はいない。

可笑しなことだが、女房に死なれて、自由になってから、芳夫は銀座のバアなどで飲むのが億劫《おっくう》になって来た。友達に誘われての麻雀も昔のように、ほいほいと出かけなくなってしまった。

「娘が寂しがっているからね」

と最初は口実に使った。

が、娘の一人が結婚し、一人がニューヨークへ行ってしまってからも、やっぱり、女房が健在だった時より帰宅が早い。マラソンのためという自分できめた理由はあるにしても、とにかく、遊びに今までほど、気が乗らなくなってしまったのだ。

独りの生活は、たしかに寂しかった。

が、どこかのんびりして具合のいいところがある。

ベッドでいつまでも本を読んでいても、女房に叱られることもない。食事時間も好き勝手が出来た。

栄養にも自然に気をつけるようになって、女房からいくら注意されても飲まなかった牛乳も毎日一合は欠かさないし、サラダも自分でスーパーマーケットへ行ってはレタスだのトマトだの買って来ては、ざくざく切ってドレッシングをかけて食べる。

「お父さん、そんなに青山さんの未亡人が気に入ったの」

濃すぎるコーヒーを飲んだあとに、朝から煙草を取り出して、治子がいささか詰問の口調でいった。

「この年齢で、色恋というのじゃないんだよ。ただ、いい人なんでね。あったかな感じのする人なんだ」

いささか照れながら芳夫はいった。人間の気持とは可笑しなもので、今、娘達に囲まれていれば、はるみと再婚するまでもないと思ったくせに、はるみの風貌を口にすると、忽ち、ふっくらと優しい彼女の面影が浮び上って来て、年甲斐もなく胸がときめいてくる。

「あったかい感じはするわね。人がいいし、傍にいる人を包み込むみたいな包容力があるわ」

奈々子が父親の味方をし、父親はそれで勇気を得た。

「お父さんも、お前達がいる時はいいが、一人だと、なにかと不自由なんだよ」

「家事は、通いの家政婦が来ているじゃないの」

長女は逆襲した。

「マンションで留守番がいるわけじゃなし……なにかあれば、あたしが大阪からとんでくるわ。哲夫だって、しょっちゅう、ここへ泊ってるし……」

「でもね」

奈々子が、姉の攻撃の矢面に立った。

「お父さんが元気の時はいいわよ、もし、体の具合でも悪くなったら……」

「その時は、あたしが来ますよ」

「おつとめを休めるの……何日も休暇がとれると思って……」

「父が病気だっていえば、会社も考えるわよ。第一、哲夫がかけつけるわ」

「義兄さんは男よ」

「下手な女より、気がつく人よ」

「体の具合が悪くなるのは、夜よ」

奈々子は胸をそらせた。

「心筋梗塞だって、脳卒中だって、発病するのは、夜が多いのよ」

芳夫は苦笑した。

「お父さんは、まだ、そんな病気にならないよ」

娘は父親の気持を無視した。

「手遅れになったら、どうするの。家政婦は夕方帰るのよ。マンションにはお父さん一人なのよ。朝、来てみたら、お父さんが死んでたなんてことになったら、どうするのよ。誰にもみとられず……かわいそうじゃないの」

奈々子の声には迫力があった。

「大丈夫だよ。わたしはまだまだ死なないよ」

マンションの、このリビングに倒れている自分の姿が、目に浮ぶようで、芳夫は少し大声を出した。

「どうして、姉さんは反対するのよ。いい人がいて、お父さんの茶飲み友達になってくれて、お父さんを愛して面倒みてくれたら、これ以上のことはないと思うわ」

治子は吸いかけの煙草をもみ消した。

「奈々子はデリカシイがないのよ」

「デリカシイのないのは姉さんよ。お父さんの人格を尊重したら……」

「むこうは、どうなの、お父さんと再婚する気があるの」

理屈でも、情感でも、妹にかなわないのを治子は悟っていた。いい年齢をして、自分のいっていることは、わからずやに違いない。

が、面白くなかった。

どちらかといえば、長女の治子のほうが父親にべったりの少女時代を過して来た。自分のいうことはなんでもきいてくれる父親であるのに甘えてもいる。

「まだ、そんな話はしていないのだよ」

気弱く、芳夫はいった。

「あちらだって、ご主人をなくしたばっかりだからね」

「反対する人間がいるっていえば、あの小母さんはお父さんと再婚しませんよ」

アメリカンコーヒーのあとに、悠々と果物をむきながら奈々子が、いくらか父親を脅すような口ぶりでいった。

「誰だって、他人の家庭へとび込むのは勇気がいることよ。まして、年をとっていたら尚更じゃない。別に生活力がないわけじゃないし……」

「働いているの。その人……」

と治子。

「お金はあるのよ。いいマンションに住んで、老後の心配もないの。なにも今更、老人のお世話しに来ることはないのよ」

芳夫は嫌な顔をした。

娘から老人といわれるほど、忌々しいことはない。

「それじゃ、来なけりゃいいじゃないの」

「話にならないわよ。姉さんの考え方は……」

エゴイストね、と妹に非難されて、治子はむっとした。勝気な点では、妹にひけをとらない。

「来る気もない人を、無理に来てもらうことはないじゃないの。どうして、あんたも哲夫も、お父さんを再婚させたがるの」

「お父さんのために一番いいと思うからよ。来る気があるかないかは、あちらの問題じやないの。あたし達はお父さんのために、なんとか、気持よく、あちらが来て下さるように努力すべきだと思うの」

梨をのせた皿を、奈々子は父親の前へ押し出した。

「お父さんも、あたし達に遠慮することはないのよ。姉さんは結婚して、おまけに自分の仕事が捨てられないで、大阪へ転勤して行ってるんだもの。あたしだって、勝手にニューヨークで暮してる。お父さんにはお父さんの生活があるんだから、もっと好きにしたらいいのよ」

そういわれてしまうと、芳夫は又、がっかりするのであった。

娘から、あたし達はあたし達、お父さんはお父さんと絶縁を宣告されたような気分になる。

「どっちにしても、青山さんとのことは、まだ先の話だ」

「そんなことといってる中に、じいさん、ばあさんになっちゃうのよ」

いいにくいことを奈々子はいって、クールな笑い声を立てる。

日比谷の診療所へ出勤する時間が来て、芳夫は立ち上った。

「とにかく、晩飯は一緒に食おう。五時に診療所へ集合でどうかね」

治子は不承不承、うなずいた。奈々子は勿論、異存がない。

芳夫が出かけ、続いて、治子も本社へ出勤して行った。

部屋の掃除をし、洗濯を片づけて奈々子は外出した。日本にいる間に、日本をよくみてやろうという精神である。

別にあてがあるわけではなかった。

歩いて原宿へ出る。

表参道は、ここ二、三年の中におどろくべき変貌をとげていた。

ちょっとしたシャンゼリゼの感がある。

軒並みにファッションの店がある。高級店はなく、むしろ、パリでいうならサンジェルマンであろうか。

それにしても奇妙な恰好をした若者がぞろぞろ歩いているのが可笑しかった。

ニューヨークでもパリでもあまりみかけない不思議なファッションの群衆である。

彼らは、それをファッショナブルとかナウとか、日本で造語された外国語風に呼んでいるらしい。

ぶらぶら歩いて往復する中に、正午になった。

ラーメンでも食べてみるかと奈々子は考えた。立ち喰いのハンバーガーの店もあるが、どうも日本のハンバーガーはニューヨークにくらべて旨くない。

「奈々子さんだったっけ」

ひょいと前に男が立ち止った。

ノートを二冊、小脇にかかえた要介である。

いささか、はやらなくなったジーンズにセーターという、野暮な風体である。

「奇遇だね」

昨日の今日であった。

「散歩に来たのよ」

「俺は料理学校の帰り……」

奈々子はあたりを見廻した。

周囲のビルは軒並み、女物のファッションを売っているか、飲食店であった。料理学校の看板なぞ見当らない。

「そこのマンションの八階だよ」

要介が補足した。

「個人教授なんだ。フランス人の婆さんが家庭で作るケーキを教えてくれる……」

「あんた、ケーキに興味あるの」

「いや、今のところ、料理全般に関して……」

旨い中華そばをおごるといい、要介は先に立って二十メートルばかり先の中華料理店へ入って行った。

「この店、高いんじゃない」

なんでもないような店だが、真白い綿のテーブルクロスがかかっている。ビニールのテーブルクロスでない店は上等なのが日本の常識だったと、奈々子は思い出したのであった。

「原宿では最高かな」

海老蕎麦を二つ注文して、要介はメニュウを奈々子にみせた。

「中華蕎麦が千円だなんて、ニューヨークじゃ考えられないよ」

「そのかわり、旨い」

「旨くても、高すぎるのはいやだな」

「俺はそうは思わない」

静かな声で要介は、しかし断固としていった。

「そりゃ旨くて安けりゃ一番いいが、物価高の日本で、もしそんな店があったとすれば、半年足らずで、ぶっ潰れる。だから、高くてもいい。その値段に見合った旨いものを食べさせてくれる店ならいいと僕は考えている。いやなのは、払った金にふさわしくない品物を提供された時だね」

「千円の中華蕎麦なんて、なんか罪悪感がつきまとうわよ」

「まあ、食べてみてから文句をいい給え」

北京風に、ジャスミンティを飲んでいると、やがて、大きなどんぶりに中華蕎麦が湯気を立てて運ばれて来た。

小さな海老が、とろりと煮上って、たっぷり蕎麦の上にかかっている。

スープを一口飲んで、奈々子は旨いと思った。が、正直にそれを口に出すのは忌々しい。

要介は箸で悠々と蕎麦をかきまぜ、顔に似合わぬ豪快な食べ方をはじめた。

生唾が湧いて来て、奈々子も慌てて蕎麦を口にした。

みていると、如何にも旨そうに食べている。

たしかに旨い蕎麦である。量も質もたっぷりしている。

箸をとめて、要介がジャスミンティを飲んだ。

「ニューヨークでは、とても食べられないかもね」

意地を張るのをやめて、奈々子は感想を述べた。

「たしかに、千円出してもいいかも知れないわ」

「ものを食べてる時に、金のことは考えないほうがいいよ」

するすると、要介が蕎麦をすすり込み、奈々子もそれに習った。

音をたてて、ものを食べるのは外国ではタブウであった。日本ならではである。

「君も、食べものに関しては、かなり貪欲のほうだな」

ゆっくり一杯の蕎麦を食べ終えて、要介がいった。

「どういうこと……」

「まずいもので安直に食事をするより、少々、苦労しても、旨いものを食べたい」

「時によりけりよ。レッスンで空腹で、お金のない時は、べたべたのフライドポテトだって、おいしいわ」

「バレリーナだったっけ」

「いいえ、ミュージシャン」

「ブロードウェイでミュージカルやってるんだったな」

アメリカにはペンションがあるか、と要介は話題を飛躍させた。

「ペンション……」

「安くて、家庭的で、ロマンティックなホテルだよ」

「ロマンティックじゃないけど、それに匹敵するものは、モーテルかしら」

「モーテルってのは、日本じゃイメージ悪いんだよ」

いつの間にか、連れ込み宿の別称になってしまった。

「イギリスにはあるわ。ペンションが……泊ったことがあるの」

ニューヨークに住むようになって、公演に口がかからない時、オーディションに落ちた時など、気晴らしをかねて、一人旅をする。

「英語の勉強になるから、イギリスへはよく行くのよ」

昨年も北イングランドやスコットランドを旅行したと奈々子はいった。

「むこうでは、ごく普通の家に張り紙が出ているの。スコットランドの田舎なんかへ行くと、ブレックファーストとベッド付……つまり朝食付の一泊ってことね」

「いわゆる民宿だな」

「ペンションっていうのは、それよりも上ね。小さなホテルなんだから……」

奈々子は新しい好奇心を持って、向い合っている青年を眺めた。

「でも、どうしてなの。いきなりペンションだなんて……」

要介の眼が輝きを帯びた。

「湖のほとりにペンションを建てるんだ。サラリーマンをやめた、俺の夢なんだよ」

「流行の脱サラリーマンってわけ……」

「流行とは無関係……」

怒ったようにいい、要介は財布を出した。

奥浜名

奥浜名は、すでに秋が深かった。

まっ赤に紅葉した木々が、常緑樹の間に、ぽつんぽつんと一かたまりになっていて、その自然の配色が妙である。

湖の色も、この前、はるみがここへ来た時より濃さを増している。

はるみは飽きもせず、湖に向って立っていた。背後の林で、なんという名前の野鳥なのか、しきりに啼いているのも、はるみをのびやかな気分にさせた。

「義姉さん、なに考えてはりまんのや」

少し、はなれた小石に腰を下して、はるみの物思いの邪魔をしないように我慢をしていた成二が、たまりかねて、声をかけた。

午後のことで、陽は明るいが、あたりはもの寂しい湖辺である。

突然、成二の家へ電話をして来て、奥浜名の、自分が相続した土地をみてみたいといい出したはるみに、成二は深くは訊かず、いわれるままに、案内をかって出た。

「いい場所ですよね」

はるみは、例の、成二がいつも天女のようだと思って眺めている、自然の微笑を浮べて、ふりむいた。

「この前に来た時よりも、その前のときよりも、本当に奥浜名って、いいところだと思いました」

上気したような顔でいうはるみに、成二は少々、戸惑いながら同意した。

「そうでっせ、奥浜名いうところは、わたしも大好きです。ここへ来ると、心が落着いて、むかしのことを思い出しますわ」

きのこを採りに、兄と来たことがある、と成二は話し出した。草藪《くさやぶ》へ分け入りすぎて、漆かぶれをおこしたことがある。

「同じようにもぐったのに、なんで兄さんはかぶれんで、わたしだけ、お岩さんみたいになってしもたのか、子供心にも不満でしたわ」

亡兄の思い出のために、ここへ来たのかと成二は思っていたが、そんな昔話をきいているはるみの顔には、感傷はない。

賑やかな足音が、地を走って戻ってきた。

どうみても、二人の青年のようだが、一人は前田奈々子であった。同じようなジーンズに、同じようなシャツとセーターである。

「ききしにまさるいいところじゃない。北欧にも似てるけど、そうね、一番近い感じは北イングランドのウインダミア湖畔かな」

はるみが、彼女のほうに歩き出したので、慌てて成二もついて行った。

「北イングランドって、どこですか」

はるみの問いに、奈々子は笑わなかった。

この年齢の女性が世界地図によわいのを熟知している。

「イギリスです。ロンドンがこの辺で……」

土の上に、枯れ枝で器用にイギリスの地図を描いた。

「この辺がウインダミア……湖水地帯とも呼ばれているところなんですよ」

即席の地図の前に、はるみはしゃがみ込んだ。

「いいところですか」

「ええ、そりゃあ、湖水地帯というだけあって、いくつも湖があるんです。なかでも、ウインダミア湖はすばらしくって……近くに有名な詩人のワーズワースの家もあるのよ」

この前に行った時は七月だったと、奈々子は語り出した。

「花がそりゃあきれいに咲いていて……イギリスの小説に出てくるヒースの花なんかも、

それから狐の手袋っていう花、フォックスグローブですね。鈴蘭みたいな花で星の鈴というのとか……」

「湖のそばには、ホテルなんかがあるんでしょう」

要介が話を現実にひき戻した。

「高級ホテルもあるけど、みんなあまり大きくなくて……ペンションも勿論、朝食とベッド付の家もあるの。なにしろ、夏はどっとバカンスに人がやって来るところだから……」

その割に、ごみごみした感じはなく、牧歌的で、美しいリゾート地だという。

「そこに、ここが似ているのね」

はるみは岸辺から湖を見渡した。

「ここにペンション建てたら、お客が来てくれますかね」

ぼんやり、若い連中の話をきいていた成二は、いきなり、はるみに訊かれて面くらった。

「義姉さん、なんですって」

「主人がね、お役所を辞めると決めた夜に、そんな話をしたんですよ。奥浜名へひっ込んで、ペンションでも建てて老後をすごそうかなんて……」

「ペンションですか」

成二にとっては、あまり耳馴れない言葉だったらしく発音がぎこちなかった。

「小父さんは、ペンションって知っていますか」

ずけずけと要介が口をはさんだ。

「若い人が泊るホテルと違うか」

「若い人に限りません。家族でも、ハネムーンでも……今、もっともナウなホテルです」

そこで、要介は最近のペンションブームについて、お得意の一席を、まことに熱っぽい口調でぶった。

はるみと奈々子は神妙な顔できいている。

「そやけど、義姉さん、ペンションいうても、要するにホテルや旅館の親類みたいなものでっしゃろ。そんなもん経営するんやったら、人もやとわなならんし……」

「原則として、人をやとわないんですよ」

はるみにかわって要介が答え、奈々子がつけ足した。

「そうね、イングランドやスコットランドのペンションも大体、家族だけでやってるみたい。奥さんがコック、娘さんがメイド、ご主人がフロントで観光の相談にのってくれたり、ハンサムな息子がガイドをしたり……」

「料理はかなり自信がつきました。叔母さんと一緒なら鬼に金棒ですよ。ペンション経営のほうは、この冬、信州のスキー専門のペンションへ見習に行って来ようかと思っています」

要介の眼はいよいよ輝き、成二は若いエネルギーに圧倒されそうな気分になった。

「そうすると、要介さんが義姉さんと一緒にペンションをやろうというわけですか」

「僕が叔母さんに提案したんです。発起人は僕です」

「それで、あたしは歿った主人がペンションでもやろうかっていってたのを思い出したんですよ」

はるみは、まるで神様の啓示でも受けたようなことをいって、眼を細くしている。

成二は、なんとなく面白くなかった。

仮にもペンションを経営しようなぞという大事な生活設計を、要介のような若造のいいなりに、すっかり乗り気になっているはるみが危っかしい。

それに、誰よりもはるみの今後について心配している成二に相談らしい相談が今日まで なかったのも不快であった。

もっとも、夏からこっち、成二は家業のスッポンの養殖の仕事がいそがしくて、つい、気になりながらも、上京のチャンスがなかったのだ。

「それにしたかて、義姉さんと要介さんと二人では、どうにもならんのやありませんか」

それにも要介はあっさり首をふった。

「いや、あと二人、協力してくれる人がいますので……」

「それに……」

とはるみが不機嫌そうな成二の様子に、やや不安をこめていった。

「成二さんも、助けてくれますでしょう」

「わたしですか」

「こういうことは、どうしても、しっかりした男の人がついていてくれないと無理だと思うんですよ」

「僕はしっかりした男ですよ」

要介が胸をそらせ、はるみは明るく笑い捨てた。

「あなたは、まだ年が若すぎますよ」

現金なことだが、成二は自分の内部にわだかまっていた、もやもやが忽ち霧のように晴れるのを感じていた。

兄嫁は、やっぱり自分を頼りにしているとわかっただけで正直に笑顔になっている。

「そら、義姉さんがペンションをやってみたい、いわはるのやったら、わたしも本気になって、調べてみますけど……」

「成二さん、きっとそういってくれると思いましたよ」

童女のような微笑のまま、ペコリと頭を下げたはるみは、もう一度、しみじみと湖を眺めた。

「奥浜名って、こんなにいいところだとは思わなかったわ」

成二が車を停めたところまでは、林の中の小道を少しばかり歩かねばならなかった。落葉は、まだ枯れて梢をはなれたばかりのが多かったから、その上を歩くと軽やかな音を立てる。

「小母さんがペンションをやるっていうと、親父はがっかりすると思うよ」

男の子のような活発な歩調をとりながら、奈々子がいった。

「でも、考えてみると再婚よりペンションのほうが面白そうだね」

再婚という言葉に、成二はひっかかった。

「義姉さん、こちらさん、どういうお方さんですか」

ひょっとすると、要介の恋人かと思っていたのだが、どうも様子が可笑しかった。

「すみません、あたしったら、紹介もしないで……」

と、はるみはいったが、本当は、なんと紹介したものかと迷いながら、ここまで来てしまったのだ。

「前田芳夫先生のお嬢さんなのよ。主人が生前、診て頂いてた診療所の……」

「前田先生のお嬢さんですか」

前田芳夫なら、兄の法事の時に会ったと成二は思案した。

「たしか、奥さんを最近、おなくしなさったとか……」

「そうなの、それで、親父ったら、こちらの小母さんに求婚したのよ」

成二がぎょっとするようなことを奈々子は大声でいい、高らかに笑った。

「求婚だなんて……嘘ですよ」

はるみが赤くなって否定した。

「前田先生は御冗談をおっしゃったのよ」

「冗談にしておいてもらったほうがいいかもね。でないと、親父、決まりが悪くて、小母さんに会えなくなっちゃうから……」

そんなことになっていたのかと、成二は心中、穏やかでなかった。

「そないなお話があったんなら、義姉さん、ちょっと電話してくれたらよかったのに……」

「冗談じゃありませんよ。奈々子さんが、からかっているだけ……」

「叔母さんは結婚よりもペンションだよね」

要介がいい、成二はなるほどと合点した。

はるみが再婚よりも、独りで生活する方法としてペンション経営に乗り出すのなら、自分も全力をあげて協力しなければと思う。

「どんなペンションがいいかな」

林を出はずれたところで、要介がふりむいた。

林と湖を背景にして、要介はまだ青写真も出来ていない未来のペンションの姿を瞼に浮べているらしい。

「やっぱり、山小屋風のだろうね」

「英国風の、クラシックな山荘はどうかしら。ウインダミア湖のそばでみかけたのよ」

奈々子も亦、奇妙に興奮していた。

はるみの希望で、浜名湖から、さして遠くない青山家の菩提寺に寄って、墓参をした。

墓は、掃除が行き届いていて、まだ枯れていない花がたむけてある。

「わたしの来れん時は、花緒が来てますのや」

週に一度か二度は、必ず墓の掃除に来ていると成二はいった。

「すみません。あたしが放ったらかしなので……」

マンションの仏壇には花も供物も欠かしたことのないはるみだが、東京に居て、浜松まで墓の管理に手はとどかない。

墓まいりが済んだら、浜松市へ出て帰京する予定だったが、成二が勧めて、弁天池の青山家へ寄ることになった。

彼の家が、スッポンの養殖をしているときいて、奈々子は驚いている。

彼女は、まだ、スッポンを食べたことがないといった。

「外国では海亀《タートル》のスープというのがあるんですけどね、高級なものだから、あたしなんかの口には入らないのよ」

「海亀スープは日本にもあるよ。主として一流のフランス料理のレストランだけど」

要介がいい、そんな話をきいた成二が
「そやったら、家でスッポン鍋を御馳走しましょうか」

と張り切った。

寺から成二は電話をして、スッポン鍋の材料やら、こまごました夕食の準備を指図したらしい。

「皆さんが来て下さるというたら、花緒が喜んでいますわ」

成二の妻の良子は、今日もＰＴＡの総会とかで出かけているが
「台所のことは花緒のほうが心得ていますよって……」

厄介をかけるのではないかと遠慮しているはるみをうながして、成二はいそいそと車へ戻った。

寺から成二の家までは三十分そこそこであった。

玄関に出て来た花緒は新しいエプロンをかけていて、新妻のように可憐であった。

「伯母さん、いらっしゃい。お待ちしていました」

はずんだ声でいい、はるみから要介へ視線を向けたが、一緒に入って来た奈々子をみると、警戒するような表情になった。

「歿った兄さんがお世話になっていた医者《せんせい》のお嬢さんや」

成二が紹介し、一行を客間へ案内した。

すぐ花緒の用意したお茶とお菓子が出て
「まあ、一服していて下さい。すぐ、スッポン鍋の用意が出来ますから……」

成二はあたふたと台所へ行った。

要介は、スッポンの養殖場がみたいという奈々子を連れて、外へ出て、はるみは遠慮がちに台所へ声をかけた。

なにか手伝いましょう、というはるみに、成二がふりむいて笑った。

「義姉さん、今、入って来たらあきまへん。スッポン、ばらしているところをみたら、料理が食べられんようになりますわ」

成二が体でかくすようにしている洗い場には、おそらくスッポンが成二の包丁でいいように料理されている最中らしい。

仕方なく、はるみも外へ出た。

養殖場は、夏中の産卵期を終えて、やや落着いた状態のようであった。

「叔母さん、来てごらん。赤ん坊のスッポンがいるよ」

要介が呼んだ場所の小さな池には、成程、銭亀ほどのスッポンの稚鼈がごちゃごちゃと泳いでいる。

「スッポンっていうのは共食いでね、でかい奴と小さい奴を一緒に入れておくと、でかいのが、ちびを食っちゃうんだって……」

要介が奈々子に説明してやっている。要介がどこで、そんなスッポンに対する知識を得たのか、その時のはるみは、あまり気にもならずにきいていたのだが、養殖池を一廻りして戻ってくると、花緒が少し、青い顔をしてこっちをみているのに気がついた。

「お父さんが、伯母さんに、スッポンの生き血を飲みますかって」

はるみをみると花緒はさりげない表情で告げたが、視線は、彼女のあとについて来た要介と奈々子を不安そうにみつめている。

「あたしは生き血は遠慮しますよ」

はるみは眉をひそめて笑ったが

「スッポンの生き血って、どんなかしら」

奈々子が如何にも食欲を感じさせる声で訊ねた。

「スッポンの首をちょん切って、そこから血をとった奴だよ」

面白そうに、要介が答える。

「飲んでみるかい」

「ええ、話の種にね」

奈々子は勇敢に台所へ入って行って、小さな盃に入っている生き血を一息に飲んだ。

「おいしいってものじゃないけど、元気がつきそうね」

ついでに、成二が料理しているスッポンをおそれ気もなく眺めた。

成二は馴れた手つきで、甲羅をはずしたスッポンをぶつ切りにしている。

「君って、案外、いい度胸だな」

要介が感心したようにいい、石鹸で手を洗ってから、成二の料理を手伝い始めた。

成程、自分から進んで料理学校へ通い出しただけあって、器用な手つきである。

スッポンの材料が大鍋へおさまったところで、はるみも台所へ入った。

大勢で、なにやかやいいながら、煮物だの揚げものだのが出来て、ダイニングルームのテーブルに料理が並んだ頃に、良子が帰って来た。

「まあ、申しわけありません。家へおみえになってるなんて知りませんでしたので……」

そんな挨拶をして、慌てて二階へ着がえに行ったが、はるみは良子が気を悪くしたのではないかと心配になった。

女なら、自分の留守に台所へ他人が入り込んで、あれこれ、いじくり廻されるのは、決して愉快なことではない。

が、着がえて下りてきた良子は、特に不機嫌ということもなく、足りない食器を出したり、客用の皿小鉢を並べたりしている。

そこへ、六助も進学塾から帰って来て、スッポン鍋を囲んで賑やかな夕食になった。

奈々子は、スッポンをよく食べ、酒も強かった。ニューヨーク暮しが長く、アメリカ本土やヨーロッパへも、よく旅行しているから話題も豊富で、語り口も上手いから自然に一座の中心になっている。

話は、やがて、奥浜名に建てようとしているペンションのことに移った。

「建てるからには、いいものにしたいのよ。いい加減な気持ではやり抜けないと思うし……」

はるみも背水の陣なら、要介も熱心で

「今の時代は、気のきいたデラックスさっていうのが、ペンションの絶対条件ですよ。それに、働く者のサービス精神かな」

この夏、要介が勉強旁《かたがた》、泊って歩いた信州のペンションでは、食後、若い主人がロビイに集った客に対して、ギターを弾き、客も主人も一緒になって歌ったりするのが、若いグループに受けていたという話に、それまで黙々と食事をしていた六助が、ひょいと顔を上げた。

「ギターなら、俺、弾けるよ。アルバイトに働かせてもらおうかな」

「あんたは大学進学やないの。バイトどころですか」

一言のもとに、良子がはねつけ、六助は又、飯を食いはじめた。

いくらかだが、しらけた空気がただよい、それを補うように成二がいった。

「やっぱり、本場のペンションいうもんをみて来る必要はあらへんかいな」

「だったら、あたしがロンドンにいる中に、いらっしゃいな。北イングランドだの、スコットランドの本場のペンションを案内してあげるから……」

早速にいったのは奈々子で
「ねえ、小母さん、いらっしゃいよ」

と心易い。

「そんなことといったって、あたしはまだ一度も外国へ行ったことないのよ」

「ないから、みて来るのよ。何事も商売のため……」

要介が、すぐに乗った。

「俺、叔母さんと行こうかな」

「要ちゃんが一緒なら、安心ね」

はるみも、ふっとその気になった。

「ガイドはひき受けるわ」

いわば、その場の雰囲気で盛り上った会話だったが、まるで実現性のない話でもない。

陽気な食事が終って、はるみは列車の時間を気にして帰り仕度をはじめた。トイレットを借りたついでに、台所をのぞいてみると、花緒が一人で皿小鉢を洗っている。

「すまないわね、すっかり厄介をかけちゃって……」

何気なく声をかけると、花緒がふりむいて狼狽したようにエプロンで眼を拭いた。

「いやだわ、あたし、洗剤が眼に入っちゃって……」

顔を洗って来ますといい、エプロンで眼を押えたまま、台所をとび出して行った。悪いものをみてしまったような気がして、はるみは僅かの間、そこに立っていた。花緒は明らかに泣いていた。

後片付の最中に、茶碗でも割って良子に叱られでもしたのだろうか。

その良子は、六助の家庭教師が来たとかで、二階へ上って、まだ下りて来ない。

「さあさあ、もうおいとましましょうよ」

部屋へ戻って、はるみは要介と奈々子に声をかけた。

コップ酒をぐいぐい飲んでいたくせに、奈々子は赤い顔もしていない。要介と成二はかなり酔っていた。殊に成二は、いつもの酒量をとっくに越えてしまったらしく睡そうな眼をして、若い二人の話をきいていた。

「成二さん、すみませんねぇ。こんなに御迷惑をおかけするつもりはなかったのに

「……」

ペンションについては、改めて相談に乗ってもらいたいといい、はるみは二階から下りて来た良子にも挨拶をして玄関へ出た。

花緒が車のエンジンをふかしている。三人を駅まで送って行くのは、花緒の役目らしい。

「悪いわねぇ、花緒さん、最後までお世話かけて……」

実際、成二の家で夕食を御馳走になって、しみじみ感じたことだったが、台所仕事は勿論、もてなしの一切合切が花緒の才覚と働きであった。

若い娘にしてはよく気がつくし、こまめによく動く。いやな顔もしないで、いつも明るい。

浜松までの車中で要介は睡ってしまった。奈々子は窓を少し開けて、口笛を吹いている。

「あの……」

運転しながら、花緒がはるみへ遠慮がちに訊いた。

「本当に、ペンションやるんですか」

「そのつもりよ」

要介の話では、花緒も出資者の一人に数えられていたのを、はるみは思い出した。

「お金のことは心配しなくていいから、ペンションがオープンしたら、どうぞ助けてちょうだい」

花緒は小さくうなずいた。

「もっとも、花緒さんをあてにしたら、成二さんに叱られるかも知れないわね」

はるみの言葉に、花緒は少し首を曲げた。

「どうしてでしょう」

「縁談なんか沢山あるんでしょうね」

「別に……」

「ペンションの手伝いをするより、もうお嫁さんに行かなくっちゃ……」

ちらりとバックミラーで後部の席をみた。

要介がシートの背に両手をひろげるようにして睡っている。奈々子は窓ぎわに体をよせ、英語でミュージカルナンバーを歌い出した。

はるみは助手席である。

「花緒さんは、どんな人がいいのかしらねぇ」

なんの気もなく、はるみは呟いた。これだけ気働きがきいて家事能力があれば、どこへ嫁に行っても立派にやって行けると思う。

大学を卒業する年齢になっても、洗濯も掃除も母親まかせで、料理一つ手伝いもしないという娘が増えているというのに、花緒の生活態度は見事なほどであった。

「あたし、お嫁には行きません」

低く花緒がいったので、はるみはちょっと驚いた。

「どうして……」

「どうしてって、行きたくありませんから」

背後の席から、急に奈々子が乗り出して来た。

「そうよ、そうよ、二十三やそこらで結婚するなんてもったいないわ。我々、今、青春花盛りじゃないの」

「そりゃ、奈々子さんは仕事を持っていらっしゃるから……」

ミュージカル女優の奈々子と、平凡に家事の手伝いをしている花緒とでは立場が違うとはるみは思う。

「女の幸せは結婚して子供を産むことじゃないと思うわ」

奈々子は意気軒昂であった。

「でも、そういう女もあっていい筈よ」

ふっと、花緒が逆襲した。

「世の中、人さまざまですもの。仕事に生甲斐のある人も、幸せな家庭作りに意欲を持つ人も、青春花盛りに変りはないと思います」

「ま、人それぞれだから……」

奈々子は、すんなり妥協したが
「でも、あなた矛盾してやしない。今の主張だったら、当然、早く結婚したほうがいいんじゃないの」

たしかに、家庭作りに意欲を持ちたいという夢と、結婚しない、嫁に行きたくないという花緒の言葉は、辻褄が合わない。

花緒の表情に、いくらかだが、荒々しいものがにじみ出た。

「現実と夢は違うんですもの」

怒ったようにいい、車のスピードを上げた。

いつも混んでいる浜松の駅周辺も夕方のラッシュが終った今は、それほど車の渋滞がない。

新幹線側の駅の外は、東海道新幹線の殆んどの駅がそうであったように、草茫々《ぼうぼう》の空地だらけだったのが、やっと近頃になってでんばらばらに安っぽいビルや商店が建ちはじめて、それが一層、駅の裏側のイメージを濃くしてしまっている。

「こら、起きなさいよ、駅だわよ」

奈々子が邪慳に要介を小突き、要介はあくびをして車から下りた。

復路の切符はもう買ってあってその列車に乗るためには充分の時間があった。

「本当にありがとう。気をつけて帰ってね、成二さんと良子さんによろしく」

別れの挨拶をして、はるみは要介をひっぱって行く奈々子のあとに続いた。

花緒は少しの間、三人を見送っていたが、思い直したように車のドアを閉め、やや乱暴な運転で帰って行った。

夜のプラットホームはやや冷えていた。

現実と夢は違うといった花緒の言葉を、はるみは考えた。

成二の家庭では、花緒はお手伝い以上の存在であった。

六助の進学にかかりきりになっている良子に代って家事一切をやってのけている。

まして、彼女は養女であった。

成二と良子をお父さん、お母さんと呼んでいても、血のつながりはない。

「花緒さんって恋人いないのかしら」

奈々子がいった。彼女も、はるみと同じように花緒のことを考えていたらしい。

「さあ、どうかしら」

はるみが苦笑し、居ねむりをしていた要介が、不意に言葉をはさんだ。

「そりゃいるよ。あの年だもの」

「好きな人がいても、成二さん達に打ちあけられないのかしら」

「その可能性はあるね」

ベンチに腰を下し、酒くさい息を吐いて要介はホームの上の夜空をみている。

「もし、そうなら可哀想じゃないの」

「ああ、可哀想だ」

「あんた、花緒さんの恋人、知ってるの」

奈々子が訊いた。

「知らなくないこともない」

そうだったのかと、はるみは一人合点をした。

好きな人がいても、結婚出来る状態ではないから、花緒はペンションの経営に参加しようとしているのかと思う。

「どんな人……」

奈々子は花緒の恋人に興味を持ったらしかった。

花緒の恋人がどんな男かは、はるみも知りたいところなのに、要介はいい気持そうに眼を閉じている。上り列車の轟音が近づいて来た。

夫婦喧嘩

夜の十時をすぎて、六助の家庭教師が帰ってから、良子は台所をのぞいてみた。すでに消えていた電燈のスイッチをつけてみると、洗い場もガス台のあたりもすっかり片づいて、ゆすぎ上げた台布巾がひろげて干してある。

良子は家庭教師に出した夜食の鍋焼うどんの器と湯呑茶碗を洗い場へ出し、そのまま、台所のスイッチを消した。台所の水仕事はもう長いこと、花緒にまかせっぱなしになっている。花緒は若いに似ず、几帳面で、一日の仕事の終った台所は床にまで雑巾をかけておく。

血縁からいえば良子の親類に当る娘なのに、性格はむしろ成二に似ていた。

結婚当初、良子はよく戸棚の戸を開けっぱなしにしておいて、成二に叱言《こごと》をいわれた。水道の栓もゆるめで、水がぼたぼた垂れていたり、台布巾が汚れたままだったりするのは、成二がいくら注意しても治らなくて、結局、成二が台所を点検し、後始末をするのが習慣のようになっていた。

それというのも、成二は少年時代から京都の料理屋へ板前の修業に行って、台所の整理整頓の出来ぬ者に、旨い料理の作れるわけはないという職人の哲学を土性っ骨に叩き込まれて来た男だったから女房の台所に対する荒っぽさが気になってたまらないのであった。

良子は良子で、台所にまでこまかく口を出す成二が男らしくないように思えて、夫婦はよく口論をした。

花緒が家事を手伝うようになってから、そうした夫婦間のトラブルはなくなったが、夫婦のものの考え方の差や、性格の相違が修正されたわけではなかった。

リビングのソファの上で、成二はいい気持そうにねむっていた。体に毛布がかかっているのは、花緒の心づかいであろう。成二が眺めていたらしいテレビのスイッチも切ってある。

リビングのドアを良子は乱暴に開閉した。その音で、成二は束の間の安眠からさめた。

「あなた、花緒は……」

良子は機嫌の悪いときの癖で、やや高飛車ないい方をした。

「二階だろう。自分の部屋やないか」

「もう、お風呂入ったのかしら」

「さあ、どうやろ。先に入るようには言うたが……」

ソファの上に起き上って、成二はテーブルの上の水差しの水をコップに注いだ。

酔いざめの水は、花緒が用意しておいたものらしい。

「家庭教師の先生は帰らはったんか」

「ええ」

「六助は……」

「まだ勉強してます」

そこで、良子は夕方からの不満を夫にぶちまけるべく、向い側の椅子に腰を下した。

「東京のお義姉さん、なにしに来たんですか」

「なにて、そりゃあお墓まいりやら、なにやら……」

「別に命日でもないじゃないの」

「奥浜名の土地を見に来はったんやがな」

女房の追及を小うるさく思いながら、成二は一つ一つ返事をしていた。こういう場合
「うるさいな、そないなこと、どうでもええやないか」

などといったら、どんなことになるか、長年の習慣でよくわかっている。

「奥浜名の土地、売るんですか」

「いいや、ペンションを作ろうかいう話やけど……」

「ペンション……」

「えらいブームらしいな、この夏、信州のペンションはどこも大入満員やったそうや」

「義姉さんが、奥浜名でペンションをやるっていうの」

「まだ決めたわけやないけどな。要介さんが乗り気なんや」

そのために、会社を辞め、料理を習い出したいきさつを成二が話すと、良子は眉をひそめた。

「そんなお金、義姉さん、持ってるの」

遺産相続に関しては、夫にも弁護士にも、しつこいぐらい訊ねた良子だから、はるみにいくらぐらいの金が残ったのか、よく知っている。

「まあ足りんところは、銀行にでも借りることになるやろけど……」

なにげなく、成二がいったとたんに、良子の口調がきびしくなった。

「まさか、あんたが銀行に口きくわけじゃないでしょうね」

「なんでやね」

成二は、その心算であった。

そもそも、スッポンの養殖をやる時にも、銀行から融資を受けたし、その後も商売の手がひろがるにつれて、銀行とのつき合いも深くなっている。

成二が保証人になり、然るべき担保があれば、はるみのための融資の可能性があった。

「冗談じゃないわよ。やっと借金返し終ったばっかりじゃないの」

夜更けだというのに、良子は大きな声でまくし立てた。もっとも、このあたりは人家が立て込んでいないから、隣近所に迷惑ということはない。

「又、借金をしょい込むのはまっ平よ」

「なにも、俺達が借金返すわけやない。ペンションが出来れば、義姉さんが毎月の収入から、ちゃんと返して行くんやから……」

「素人にそんな商売がうまく行くと思っているんですか。要介さんみたいな青二才の猿智恵でペンションなんかが出来ると思うの」

廊下にみしりとかすかな音がした。二階から誰か下りて来たらしい。

「要介さんはペンションについて、よう研究してはる。悪い思いつきやない」

二杯目の水を飲み、成二はあくびをした。そんな話よりも、風呂へ入って休みたいところであった。明日も、養殖業は朝が早い。

「あなた、お義姉さんに肩入れしすぎるわ」

良子はテーブルの上にある煙草に手をのばした。この家では見馴れないアメリカ煙草は、奈々子が持って来たものであった。

一本残らず吸ってしまって、空箱になっている。

「お義姉さんもお義姉さんだわ。突然やって来て、それも要介さんだの、わけのわからない女の人だの……」

「あのお嬢さんは、兄さんが厄介になっとった前田先生のお嬢さんやいうたやないか」

「うちにはなんのかかわりもない人じゃないの」

若い女が大酒を飲み、ヘビースモーキングぶりを発揮したのが、良子にはどうも気に入らない。それでなくとも、奈々子は傍若無人なところがある。

「嫁入り前の女で、あんな態度の大きい人、好きじゃないわ」

成二は苦笑した。

「そらそうかも知れんけど、義姉さんとはなんの関係もないやないか」

「あんなの、連れてくることはなかったのよ」

「ペンションについて、いろいろ知ってはるからやろ。外国をよう旅行しとるさかい……」

成二は立ち上った。

たまさかに夫婦がさしむかいで話をするとろくなことがないと思う。

「もう、寝るわ」

「あなた」

良子は立たなかった。

「逃げるんですか」

「逃げる……？」

「そうよ。あなた、いつも、そうやないの。わたしがお義姉さんのことを、あれこれいうと、きまって逃げるんやから……」

「なにも逃げるわけやない」

「いい加減にして下さい、いうてるのよ。お義姉さんと自分の家と、どっちが大事なの」

感情が激してくると、良子も京都弁がとび出してくる。浜松訛りも入っていて、実になんともいえない言葉遣いになった。

「あんまりつまらんことといわんといてえな。義姉さんは未亡人になったんや。実の子が居るわけやない。なにかと力になって上げてなにが悪い」

「家族を犠牲にしてまで、お義姉さんに尽したいいうのですか」

「犠牲……」

「遺産相続の時かて、うちの仕事、放ったらかしにして、毎日毎日、新幹線で往復して、うちは一文の得にもなるわけやないのに……」

「当り前やないか。それが親類いうもんや。あんまり阿呆なことをいうな」

たしかに上京すれば、どうしても一日がかりになった。が、良子がいうように、養殖業を放り出すことはなかった。上京する前日には従業員に指図をして出かけたし、どんなに遅く帰って来ても、スッポン池の見廻りは欠かさない。

商売に支障は全くなかったのだ。そういう意味で、家族を犠牲にしたと女房からなじられるのは見当違いだと成二は思った。

「少しは六助の進学のことも考えて下さい」

急に良子は涙声になった。

「よそのお家では、夫婦そろって子供の進学のために協力してはります。うちは、あなたが、なんにもしてくれはらへんから……」

成二はあっけにとられた。大学へ進むのは、六助であった。父親としては、進学に際して必要な金を出してやることの外に、いったい、なにをしろというのか。

「それが、あんたは古い親やいうことですわ。なんでもお金さえ出したらええいうもんやおまへん。あの年頃の子供には、なによりスキンシップが必要やて、先生もいうてはります」

朝晩の食事を一緒にしたり、ゆっくり話し合ったり

「そういうことが大事ですねん……」

「阿呆……」

遂に、成二はどなった。

「勝手なことぬかせ」

朝は、前夜遅くまで勉強していたという理由で、登校ぎりぎりに起きて来て、牛乳をらっぱ飲みしながらとび出して行く息子であった。

一日の大半は高校で、そのあとは進学塾へ行く。帰宅時間は早くて九時であった。夕食時間に父親は家にいても、肝腎の息子が帰って来ていない。帰宅したあとも、茶の間でくつろぐどころか、食事まで自分の部屋へ運ばせて、なにやらラジオを聞きながら、机にむかっているのが実状であった。

「高い月謝払うて学校へ行かせて、学校だけの勉強やったら、よう大学へも進学出来んで、塾へやったり、家庭教師たのまな、どうにもならん。そない教育しとって、よう親にスキンシップが足らんなんどといえるもんや」

「そないなこと、先生にいえますかいな。どこのお宅さんかて、親が子供の生活に合せてます……」

「阿呆と違うか」

眠気を吹きとばして、成二はどなった。

「親は働いて家族を支えてるんやで。その親が、なんで子供の生活に合せななならん。大学へ行きたくても、親から金を出してもらえんで、苦学して大学へ行った者かてある。ほんまに勉強したくともアルバイトで金を稼がんならんで授業によう出られん、そういう学生かてあるのに、六助なんぞ、一度でも金の心配したことあるか。湯水のように金を使うばっかりで……」

「あんたいう人は、古いんですよ」

負けずに、良子が叫び返した。

「この節、苦学生なんぞいるものですか。アルバイトしてるのは、みんな自分のこづかいかせぎとか、ガールハントのためやいいますよ。親が子供の学資を出すのは当り前のことです。中流の家やったら、みんな、みんな、子供を大学にやる時代ですねん。大学も出さんかったら、親の恥ですわ」

「時代が狂っとるのや」

「あなたが、時代遅れなんです」

どたばたと階段をかけ下りる音がして、居間のドアが乱暴に開いた。

「うるさいな、静かにしてくれよ」

六助は、皇帝のようにふんぞりかえっていた。

「勉強出来ないよ」

夫をどなりつけていた女房が忽ち、優しい母親の表情になった。

「悪かったわね。六助、お父さんは本当にわからずやだから……」

ココアでも入れてあげようといい、良子は息子の肩を抱くようにして廊下へ出て行った。

「けっ、胸くそ悪い……」

舌打ちして、成二は、もう今夜は飲まないつもりのウイスキーをもう一杯だけグラスに注いで、アイスボックスをひきよせた。あいにく、氷片は全部、溶けてしまっている。

「お父さん、もう飲まんほうがいいわ」

そっと、花緒の声が近づいた。手にお湯の入ったジャーを持っている。

「今、おいしいお番茶いれてあげますから」

成二は、さっきからの部屋の外の気配を思い出した。

夫婦喧嘩を、花緒は、はらはらしながら立ち聞きしていたものか。

「すまなかったなあ。あんたに一番、厄介かけてしもた」

良子は突然、お客を連れて来てと立腹したが、もてなしの一切は花緒と成二がしたものである。良子は、ただ、同じ席で食事をしただけのことだった。

「花緒から、今夜はえらかったと叱られるなら、お父さん、素直にすまなんだ、気の毒したいうてあやまりもする。なんにもせえへん良子に文句いわれるのは、腹が煮えてかなわん」

「六ちゃんの大学進学で、お母さん、苛々してるから……」

いい香の番茶を成二の前へ押しやって、花緒は低くいった。

「いろんなことが思うように行ってないんです」

六助の志望は、東京の一流大学の経済学部だった筈である。

「高校の先生が、いろいろ、お母さんにおっしゃるみたいですよ」

要するに今の六助の学力では無理だということらしい。

「無理なら、他の大学に変えたらええやないか。大学かてピンからキリまであるんやろ」

「お母さんは、どうしても、東京のいい大学へ六ちゃんを入れてあげたいんでしょう」

「そやかて、試験に落ちればどもならんがな」

どうしても東京の一流大学へ入れたければ、ともかくも受験して、落ちたらあきらめるより仕方がない。

「それがいやなら、高校の先生が大丈夫いうところを受けるか、二つに一つや」

大体、当人の六助はどう考えているのかと成二は再び腹立たしくなって来た。

「お母さんがどないにいうたかて、試験受けるのは六助やがな、ええ年して、自分の大学も決められんで、どないするねん」

ドアがあいて、六助が入って来た。成二の声が聞えたものらしい。

「俺は大学なんて、最初から行くつもりはないんだよ」

父親の前の椅子にどっかとすわり込む。

「なんやて……」

成二は体のすみずみにまだ残っていた酒の酔いが急に醒めて行くのを感じた。

「大学へ行く気がないちゅうたかて、そんなら、なんで進学塾へ通っとるんや。家庭教師の先生に来てもろうてるのも、大学へ行くためやないのんか」

「母さんがやってるんだよ」

「母さんにいうたらええやないか。大学に行きとうないて……」

六助は曖昧にうなずいた。

「いうたら、母さん、ヒス起すからね」

薄く髭の生えた顔のあたりを分別くさそうに、ごしごしこすっている。

台所から、良子の声が近づいて来た。

「六助、ココアが入ったのよ」

一度、二階へ上って行って、又、階段を下りてリビングへ来た。

「なにしてるの」

「六助は大学へ行きとうないそうや」

成二がいったのに、良子は軽蔑したような微笑で無視した。

「六助、二階へいらっしゃい」

バネのこわれかかった人形のように、六助はのろのろ動いて、リビングを出て行った。

「花緒さん、これを六助に持って行って……」

ココアの載ったお盆を花緒に渡してから、良子は夫をにらみつけた。

「あんまり、六助に変なことといわないでちょうだい」

「俺がいうたんやない。六助がいうたんや」

「試験勉強でかっかしてる者のいうことを、一々、とり上げてもらいたくないのよ」

「東京の大学は無理やいうのやろ」

「わかりませんよ。まだ二、三カ月あるんだから……」

「今まで、あれだけ勉強さして、高校の先生があかんいうなら、あかんわ」

餅は餅屋だと成二は思う。

毎年、何百人もの生徒を受験戦争に送り出している高校の先生なら、まず、一人一人の生徒の学力や性格も充分、みてくれているだろうし、おおよその判定も出来るに違いない。

「先生は駄目だっておっしゃったわけじゃありませんよ。もう一つ、がんばらないとおっしゃったから……」

「いくら尻を叩いたかて、当人が大学へ入って、どういう方面へ進むのか、なんのあてもないようやったら、仕方ないわ」

やりたいものをやらせてみるのも人生だと成二はいった。

「あなたはご自分が大学出てないから、そんなことをいうのよ。この時代に大学出てなかったら、どんなに肩身がせまいか、あなただって身にしみてる筈よ」

それは、たしかにそうでないこともなかった。

ロータリーやライオンズのような団体でも、成二の年齢の者で大学を出ていないのは少かった。

なにかで、学歴が出ると、高校卒というのは、何人もいない。

成二は別にそれを恥かしいとは思わなかったが、それは多分、スッポンの養殖業という商売のせいだろうと思った。もしも、役人や勤め人になっていたら、昇給の度ごとに、大学卒でない悲哀をたっぷり味わったかも知れない。

「六助が、将来、なにになりたいか、ようきいてみて、それから大学をえらんでもええのやないか」

気をとり直して、成二は前向きに夫婦の会話を進めようと思った。どなり合っていたのでは、疲れるばかりである。

「将来、なにになりたいかなんて、今の六助にわかるものですか。あの子は、まだ、幼稚なんですもの」

「そないなことはないやろ、六助も、十八や」

十八の年、成二は京都のスッポン料理屋へ、板前見習の奉公に入った。僅かな給金のなかから貯金をして、将来への夢をふくらませていた。

「あなたの時とは、時代が違います」

とにかく、と良子は切り口上で夫に宣言した。

「六助の教育は、あたしが一生けんめいやっているんですから、あなた、よけいな口出しはしないで下さい」

息子とスキンシップがないといい、教育に不熱心だと、夫を攻撃しながら結局は口出しするなという。論理がちぐはぐなのは女性の特性ともいうべきもので、なにも良子一人の頭が可笑しいのではないが、成二はひどく忌々しかった。

いったい、この家で自分はどういう存在なのか、ただ、家族のために営々として働くだけで、生活のリーダーシップは全部、女房がとっている。日頃、女房にしても子供達にしても、それが当り前のようであった。

家族団欒《だんらん》などというのも滅多になくなってしまっているが、それもどちらかといえば息子の大学進学のせいであった。女房は息子にかかりっきりで、亭主は放り出されている。

花緒はともかく、女房も六助も、成二に対して居丈高に要求するばかりで、感謝の言葉はなかった。

終日、スッポン池の上を渡ってくる寒風の中で働き続けている夫の気持など、まず、いたわってくれることはない。

腹の底から湧き上ってくる不満を、成二はそれでも口に出さなかった。話して、良子が理解するとは思えない。妻とは、心が遠く感じられた。

「とにかく、あなた」

と良子は、黙りこくっている成二に飛躍したことをいい出した。

「東京のお義姉さんとは、あまり、かかわらないようにして下さいな」

「なんでや」

流石に、これは黙ってもいられなくて、成二は訊いた。

「兄さんが歿って、義姉さんは心細い状態や。弟として出来ることはしてあげたいと思うのが人情やないか。なんで、そないなことがあんたにわからんのかいな」

良子は奇妙な表情を作った。

「でも、度がすぎると、世間がいろいろいいますわ」

「世間……」

「お義姉さんは女ですもの」

成二の腹の中で、遂に怒りが爆発した。

「ええ加減にせい。世間がなんといおうと、義姉さんと弟のけじめのつかんつき合いなんぞ、ようせんわ、人がなにをいうても、女房のあんたが、わしを信じとればええことやないか。世間と一緒になって、わしが信じられんいうのんか」

成二の立腹に、良子は少々、たじろいだ。

普段、大人しい男で、あまり大声で女房をどなることはない。

「そないにいわんでもええでしょう。たいしたことでもないのに」

「たいしたことでもない、いうのんか。これほど人を阿呆にしくさって……」

「あなた、そないに怒ると、かえって可笑しゅうみえるわ。お義姉さんのことやと、いつでも夢中にならはるし……」

なにをかいわんや、と成二は悟った。口論するだけ無駄な気がする。

それでも、成二は気力をふりしぼっていった。

「あんたがどう思うと、そら勝手や。そやけど、わしは兄さんにお世話になったんや、兄さんの歿らはったあと、義姉さんの力になるのは当り前や思っとる。そのことで、つべこべぬかすのは止めてくれ、わしにはわしの考えがある」

翌朝、成二が寝不足の顔で起き出した時、良子は台所で、六助の弁当を作っていた。

秋晴れのさわやかな朝だが、成二の気分は重かった。

昨夜、あれだけ怒鳴り合って、なに一つ解決していない。

花緒がリビングへ番茶と梅干を持って来た。

「お父さん、お早うございます」

挨拶をしながら、気づかわしげに成二の表情をみる。

そこへ、母親に叩きおこされたらしい六助がパジャマのまま入って来た。

「父さん、夫婦喧嘩はよしてくれよ。気が散って勉強出来ないよ」

寝起きの悪い顔でいったのが、成二の神経を逆なでした。

「なにいうか、お前のせいで、もめたんや。他人事《ひとごと》のようにいうな」

「俺は関係ないよ」

「大学へ行くか、行かんかぐらいのこと、自分で決めんか。女のくさったように、うじうじしとるさかい、お母ちゃんがヒスおこすのやがな」

「俺が決めてよけりゃ、今すぐでも決るよ」

六助は六助で、不貞《ふて》くされた。

「どう決めるのや」

「大学なんか行かないよ」

「行かんで、どうする」

「卒業するまでに考える」

弁当の包を持って、良子が走り込んで来た。

「あなた、朝っぱらから、六助に八つ当りせんで下さい」

成二は苦虫を嚙みつぶした。

「六助に大学へ行くのかどうか聞いてみただけや」

「よけいなことはいわないで。折角、その気になって勉強してるのに……」

「当人は行きとうないて、いうてるぞ」

「あなたがそそのかすからですよ」

弁当を息子に押しつけた。

「早く着がえて……遅刻するわよ」

六助が、あくびをして鈍重な足どりで二階へ上って行った。

「あなたという人は、どうして、そうわからないの」

子供をたしなめるように、良子が叫んだ。

「相手は子供なんよ。勉強なんかしとうない。怠けとうて、楽をしとうてならんのよ。そないな子供のお尻を叩いて勉強させ、向上心をおこさせるのが、親の役目やないの。あたしの気持もわからへんで……」

「大学へ行きとうないなら、京都へ丁稚にやったらええ」

俺も、そうやって一人前になったという自負が成二にはあった。

「あなたのように、しとうないから、苦労してるんやないの。いけずやねえ、ほんまに……」

良子は夫を睨みつけ、リビングを出て行った。

その日の午前中を、成二はスッポンの飼育池で過した。

今年の夏に生まれた当歳鼈の池と、二歳、三、四歳のは各々、別な飼育池に分れている。

スッポンは弱肉強食で、同族相食《あいは》む習癖があるからで、その他にも小さなスッポンは食用蛙にねらわれたり、鳥がついばんだりする危険がある。

十月から四月までは、成育したスッポンの出荷の季節でもあった。この養鼈場の取引先は主として京都であった。注文に応じて、三、四歳のスッポンが水あげされて行く。

投餌の必要はなかった。スッポンはすでに冬眠に入っている。

今朝の夫婦喧嘩を、やがて成二は忘れた。

あの程度の口論は毎度のことである。特に根に持つほどのことでもない。

ただ、味気なさは残った。

良子は、成二が奉公していた料亭の主人の遠縁に当る娘であった。

子供の時から何不自由なく大事に育てられているから、人のいいところがある。万事におっとりしていて、我儘であった。

若い頃は、それが魅力でもあった。今は少々、わずらわしくないこともない。

妻が息子の進学にかまけて、家庭を放り出しているのが不満であった。

現在の成二の家庭は、成二が疲れて帰っても、慰労してくれる家族がなかった。

一家の主人は働くだけ働いて、なにもかまってもらえないでいる。

ま、それも仕方がない、と成二は思い直した。良子は浮気をしているのでも、遊んでいるのでもなかった。彼女が夢中になっているのは、我が息子である。

正午になって、成二が戻ってくると、珍らしく、良子が台所に立っていた。

「あなた、早うに、手を洗って下さいな」

焼飯に中華風のスープがテーブルに運ばれてくる。久しぶりの手料理は、やはり、良子も、今朝の夫婦喧嘩を気にしての亭主サービスのようであった。

「あんた、焼飯好きやったから……」

顔色をうかがうようにして、お茶を入れている。

焼飯はその割に旨くなかった。飯がやわらかすぎて、べたべたしている。いつも花緒の作るほうがさっぱりして成二の好みに合っていた。スープも少々、塩がきつい。

「おいしいやろ」

良子が念を押し、成二は止むなく苦笑した。

「旨いよ」

それで女房は安心したらしい。鼻歌を歌いながら、柿をむいている。

夫婦とは他愛のないものだと思い、成二は旨くない昼食を苦労して食べた。

旅立ち

浜松から帰って来て、はるみの周辺は俄かに慌しくなった。

毎日のように、要介と奈々子がペンションに関する資料を抱えてやってくる。

一流会社をやめてまでペンション経営の夢を追い続けて来ただけあって、要介は実によく資料を集めていた。

山中湖や河口湖畔のペンションから裏磐梯や信州、西は琵琶湖畔のロマンティックなペンションまで、実際に出かけて行って建物の外観からロビイや客室まで写真をとって来ている。

無論、宿泊費、食事のメニュウ、お客に提供するレジャーの種類まで、ことこまかにメモがとってある。

それらをみるにつけても、まあ雨後のたけのこのように、よくもこう全国津々浦々にペンションが建ったものだと、はるみは感心した。

「まだまだ出来ますよ」

ホテルは高すぎて、旅館は団体客ばかりを優先する。

「ペンションを調べる一方で、旅館へも泊ってみたんですが、まず一人旅なんてのはどこへ行っても敬遠されます。おまけにサービスが悪い」

部屋で食事が出来るのは日本旅館の良さだったのに、人手不足なのか、朝食は大食堂でバイキングスタイルが多くなった。夕食を部屋へ運んでくれる場合は、料理は冷え切っていて、それをごま化すためか、鍋ものが一品加わっていて石油ランプなどで、ちょろちょろとあたためてという、わびしいものである。

「部屋の掃除は行き届いていないし、食べるものはまずい、サービスが悪くて、おまけに目の玉がとび出るほどの料金にサービス料だの税金がつく、客はふんだり蹴ったりですよ」

家族旅行がふえているのに、家族が安心して泊れるところがない。

「若者のグループ旅行も多いのに、こっちも適当なのがないんです」

民宿は夢がないし、国民宿舎やユースホステルは味けない。

「ペンションは出来るべくして出来たんですよ」

そういわれてみると、どのペンションもモダンな外観と、気のきいた室内装飾と、ちょいとした洋食のメニュウ、それに如何にもアットホームなサービスを売りものにしていて、値段のほうも一人四、五千円で、まず、一般旅館の半額近い料金である。

「食事付料金のと、朝食、夕食代が別になっているのと、あるみたいね」

はるみも熱心になった。

要介の集めた資料をみていると、成程、近頃の若い人好みというのは、こういうことかとよくわかる。

従業員はどこも家族ぐるみで五、六人であった。

ペンションのオーナーも大方が三十代で、脱サラリーマンが目立つ。

「今のサラリーマンは、将来がみえちゃうからね。夢の大きい奴は、どうしたって一国一城の主になりたがるのさ」

「人に使われてるほうが、楽なのよ。自分で独立するってのは苦しいけど、まあ、精神的に気持がいいのかな」

アメリカでは、すでにサラリーマンに愛社精神というものがなくなって、少しでも労働条件がよく、給料の高いところへ、ひょいひょいと移ってしまう。

「日本のように、一度、就職したら、その会社に一生を捧げるなんてのは、もうなくなってしまったのよ」

「日本だって、若い層は、その傾向が目立って来たよ。一流会社でなくとも、払ってくれる金が多くて、休みが多くとれる会社がいいって奴がいるんだ」

若い二人の話をきいていると、はるみは隔世の感がした。

ひたすら役人街道を黙々と歩いて来た亡夫がきいたら、どんな顔をするだろうと思う。

ペンションの企画会議には、いつの間にか仙田哲夫も加わった。舞台美術が専門だが、建築の勉強をしたこともあるし、父親は生前工務店を経営していたという。

「ペンションというのは高級民宿じゃいけないんですよ。デラックスである必要はないけど、絶対に西洋的で、明るい雰囲気はあるけれども、クラシックでなければならない。その点、日本に出来ているペンションの大半は野暮ったいし、中途半ぱですよ」

今は、ペンションが珍らしがられている時代だからいいけれども、本格的なペンションがどんどん出来ると、安物や偽物は飽きられてしまう、というのが哲夫の主張であった。

「どうせ作るなら、本格的ペンションにしましょうよ。下手な連れ込み宿になるのは避けたいね」

それは、はるみも同感であった。

哲夫は専門家らしく建築費用も具体的に算盤《そろばん》をはじいて、どういう部分は金をけちらないほうがよく、どのあたりは節約してと、はるみに一々、説明した。

ペンションの名前のことも、話題に上った。

すでに営業している日本のペンションは、若者らしい、さまざまの名前がついていた。

英語やフランス語まがいのもあるし、いちごジャム、小さな家、など女性好みの命名も目立った。

「とにかく、日本のペンションをお手本にしては駄目よ、本場の本物を真似しないと、ちゃちなものになるわ」

そのためには、どうしてもイギリスへ来いというのが、奈々子の勧誘であった。

「あたしと一緒にイギリスへいらっしゃいよ。オーナーは小母さんなんだから、まず、この際、本物のペンションをみるべきだわ」

最初は、イギリスなんてと笑っていたはるみだが、要介も哲夫も、それがいいという。

「そういっちゃなんだけど、僕らは若い感覚はあると思うが、それが上すべりするような気がするんだ。それと、どうしても僕らはアメリカナイズされてるから、安っぽくなる危険がある。小母さんに古き良きペンションを研究してもらえれば、鬼に金棒だな」

そんなふうに、若い連中からおだてられると、はるみはなんとなくその気になった。

「日本の国内もろくに旅行してない人間が、外国へ行ったら、どうなっちゃうかしら」

不安もないわけではないが、それは
「大丈夫、あたしが一緒なんだから……」

という奈々子の言葉に一蹴されてしまった。

大体が生まれ変ったような気持ではじめなければならないペンション経営であった。

自分自身の若返りのためにも、外国旅行はいい気分転換になるかも知れない。

姉のけいが真赤になって、どなり込んで来たのは、はるみが要介が持って来たイギリス旅行に関するパンフレットを眺めていた時で
「ちょっと、あんた、いい加減にしなさいよ」

けいはドアをあけた妹を、赤鬼のような顔で睨みつけた。

「どうも、この頃、要介の様子が可笑しいと思ったから、かかってくる電話を傍できいていて、問いつめたのよ。あんた、若い連中にそそのかされて、ペンションだか、山小屋だか、はじめようってんじゃないの」

「あら、要介ったら、姉さんになんにもいってなかったの」

てっきり、彼が話しているものと、はるみは思い込んでいて
「それじゃ、こないだ、浜松へ行ったのもきいてないの」

「お墓まいりに行ったってききましたよ」

「お墓まいりもするにはしたけど……」

「あんたにペンションなんて出来るわけがないでしょう。一生亭主に食わしてもらって、のらりくらりと暮して来た人間が……」

「だから、自分でなにかがやりたくなったのよ」

「出来るわけないじゃないの。こないだだって、人に欺されて、危く、お金をとられる

ところだったのに……」

それをいわれると、はるみは少々弱い。が、今日は負けていなかった。

「要介は、欺しませんよ」

「失敗したら、どうするの」

「しないように、充分、考えてるわ。みんながそれで集ってるのよ」

「前田先生の娘まで、つべこべいってるそうじゃないの。前田先生のプロポーズはどうなっちゃったのよ」

「どうなったって、べつに……」

「なんだか可笑しいわよ」

父親の再婚を妨害するために、娘はペンション経営を、はるみに押しつけたのではないかと、けいは推量している。

「そんな娘さんじゃありませんよ」

「とにかく、あたしは反対よ」

なんとか老後がすごせるだけの遺産を手にして、なにを今更、危険な投資をする必要があるのかと、けいは腹を立てた。

「もっと地道に生活設計をしなさい。いい年をして、若い者にそそのかされて……」

けいが、どなればどなるほど、はるみは可笑しくなった。

「お言葉ですけど姉さん、あたしも伊達に年をとってるわけじゃありません。充分に考えた上で、やってみようって気になったんだから、いくら叱られても、ああそうですかとはいいませんよ」

ひとしきり、押し問答をくり返している中に、クリーニング屋が来て、はるみが玄関へ立って行き、戻って来てみると、けいはテーブルのすみに重ねてあったイギリスの旅行案内をせっせと眺めている。

「きれいなところでしょう」

姉の手にあったのがウインダミア地方の写真だったので、さりげなく、はるみはのぞき込み、けいの顔色をうかがった。

「これ、カナダでしょう」

「いいえ、イギリスよ。北イングランド」

奈々子の感化で、いささか、はるみもイギリスへの知識を持ちはじめている。

「カナダにそっくりだわ」

「姉さん、カナダへ行ったことあるの」

「うちのマンションに住んでる人が行って来たのよ。写真と一緒に、たっぷり自慢話をきかされてね」

ちょっと忌々しい顔をした。

「なにせ、この節は猫も杓子も外国旅行じゃないの。うちのマンションなんかでも、大方の人が香港やハワイぐらいは行っているし、あたし、肩身がせまくて仕様がないのよ」

姉の本音はそんなところだったのかと、はるみは苦笑した。

「姉さんだって行けばいいのに……」

経済的には一応、安定している姉の生活であった。そんなに贅沢が出来るとは思えないが、行って行けない暮しでもない。

「クリーニング屋やってるもの。時間がないわよ」

「子供達を使いなさいよ」

ふっと、はるみはいい突破口をみつけた。

「咲子ちゃんだって、冬休みなら、お店のレジくらいみられるじゃない。要介はどっちみち、フリーなんだし……」

「そうだわね。要介がいたんだわ」

会社をやめたのをうっかりしていたと、けいはいい出した。

「要介を使うの忘れてたわ」

のらくら好きなことをさせておいたから、ろくでもないことを考えたのだと、けいの論理は急に飛躍して

「遊ばせとくことはなかったんだわ。あいつをこき使ってやる」

母親らしからぬいい方になった。

「姉さんも、イギリスへ行ってみない」

さりげなく、はるみは自分の思う壺へ、姉を誘い込もうとする。

「イギリス……」

パンフレットに目を落して、けいは思案顔になった。

「イギリスは遠すぎやしない。せめてフィリッピンとか韓国とか……」

「馬鹿ねえ、姉さん、フィリッピンや韓国は男が遊びに行くところよ」

夫が生前、喋ったのを思い出して、はるみは張り切った。

「知らないの、マニラや韓国から日本へ帰る飛行機の中じゃ、男の人の使ったおしぼりをスチュアデスは決して手で受け取らないそうよ」

けいが変な顔をした。

「どういうことよ」

「不潔だからじゃないの」

「なんで、不潔なのよ」

「姉さんのカマトト……」

そこまでいわれても、けいはさっぱり見当がつかないらしく、曖昧な顔をしている。

「外国旅行をして、マンションの人達に自慢したいんなら、香港やハワイは駄目よ。みんな、もう行ってるじゃないの」

我ながら上手な説得だと、はるみは得意になった。

「どうせ行くなら、ヨーロッパの、それもイギリスの地方なんて、めったに行ってないんじゃないかしら」

「イギリスにこだわるのね」

「英語の本家だもの」

「英語喋れもしないくせに……」

「景色がそりゃあいいそうよ。それに、古い歴史的な建物も残っているし、お城もあるし」

けいが子供の頃、西洋の童話に凝っていたのを、はるみは思い出した。日本の昔ばなしは馬鹿にして、お城と王子とお姫さまの物語に夢中になっていた。

或る日、白い馬に乗った王子様がやって来て求婚するというのが、姉の幼い日の夢だったものだ。

「お城なんてあるの」

「ありますよ、女王陛下の国だもの」

「買い物なんか出来るかしら」

「そりゃヨーロッパの都会ですもの。コートとかセーターとか、上等のが安くて、そりゃいいそうよ」

なにもかも、奈々子の受け売りだったが、はるみはすっかりその気になっているので、話し方にも自信があふれている。

「コートとセーターねぇ」

思わず呟いたけいの調子に真実味があったのは、たまたま、この冬、オーヴァコートを新調しようという予定があったからで

「イギリスのほうが、日本より安いかしら」

「舶来品は、むこうのほうが安いわよ。むこうさんが本家なんだから……サイズなんかも洋服の本場だから数が多いって……」

けいが女にしては上背があり、手足が長いので、とかく、日本の既製服が合わず、苦情をいっているのを、はるみは知っている。

「ヨーロッパは遠いわよねぇ」

それでも、けいは渋った。

「費用だって、よけいにかかるし……」

「一生に一度かそこらの外国旅行じゃないの。けちけちしなさんな」

「何十万ってかかるのよ」

「香港やハワイへ行ったって、二十万ぐらいかかるんじゃないの」

どうせなら、その倍はかかっても、ヨーロッパへ足をのばして、ロンドンとパリぐらい廻ったほうが得だと、はるみは強調した。

「パリも行くの」

「行こうと思えば、行けますよ。ドーヴァ海峡っての渡れば、フランスだもの。まあ、青森から北海道へ行くようなものじゃないの」

けいは少し感心して、妹を眺めた。

「あんた、なんだか、変ったわ」

夫の成一が生きていた頃は、どちらかといえば、消極的で、自主性のない女だったと、けいは妹を眺めた。外国旅行はおろか、箱根や日光へ誘っても、なんのかのと億劫がって出て来なかったはるみなのである。

そう思ってみると、はるみはどこか若返っていた。

表情も生き生きしているし、眼に力がある。

未亡人になった当座、めっきりふえたと思った白髪も染めてしまって、明るい茶色の髪のセットも流行のスタイルになっていた。

「あんたって変な人ね」

少々のねたましさをこめて、けいはいった。

「普通は、未亡人になったら、老け込んで、しょんぼりするものなのよ。あんたったら、待っていましたみたいに、張り切っちゃって……」

「待っていましたはないでしょう、姉さん」

笑った声も明るかった。

たしかに、自分が若くなっているのを、はるみも感じていた。

きっかけは、多分、前田芳夫から間接的ながらプロポーズされたことだったろうが、要介や奈々子とペンションの計画に乗り気になってから、心も体も充実している。

街へ出て、ブラウス一枚買うにも、今まで手にしなかったような、明るい、きれいな色のものに眼が行くし、実際、おそるおそる胸にあてて鏡をのぞいてみると、けっこう似合うような気がするのだ。

要介も奈々子も、はるみに冒険をさせたがった。

「日本人だけよ。明るい色が若い人のものだと思っているのは……」

奈々子が力説した。

「本当は、若い中は、なにを着てもいいのよ。チャコールグレイ、モスグリーン、こげ茶色なんて汚い色は、若い人だから着こなせるんで、年をとって顔の色や艶に自信がなくなったら、明るい色を着なけりゃ断然、駄目なの。ニューヨークじゃ、五十歳、六十歳の人こそピンクやブルー、赤とかオレンジ、すみれ色とかクリーム色、そういうのを好んで着るわ」

実際、髪が白っぽくなってこそ、ロマンティックな色も、強烈な配色も、気のきいた着こなしが出来るのだという奈々子の主張は、言葉だけではそれほど説得力がなかったのだが、実際に奈々子がそうした色彩のスカーフを何枚も持って来て、はるみの衿許を飾ってみると、俄然、その効果が具体的になった。

はるみの手持ちのグレイのスーツやカーディガンが、スカーフのきれいな色彩で甦ったようになる。

スカーフで自信をつけて、ブラウスを買い、その辺からお洒落心が猛然と湧き上って来て、下着にもボディスーツをきちんとつけるようになったし、ベージュのペチコートやスリップも買ってみた。

体型に気をつけるようになると、姿勢も自然によくなって、今までのように肩を丸め腰を落して歩くこともなくなり、時には地下鉄の階段をはずみをつけて下りたりして、ああ、なんと若い気分になったことかと我ながら驚いたりしているはるみであった。

「姉さんも気をつけたほうがいいのよ。日本人は自分で老け込んじゃうんですって、もう年だから、もう年だからって……」

「それも、奈々子さんの受け売りね」

けいは口惜しそうな顔をした。

過去のことを思えば、どちらかといえば、けいのほうが気が若かった。

未亡人になって、仕事を持っているという条件からいっても、パンタロンをはきこなし、威勢よく肩で風を切って歩いていた、けいである。

「妹さんよりお若い」

といわれて、いい気持でいたのが、あっという間に逆転された感じがする。

「とにかく、姉さん、おたがい、亭主もいなくなって自由なんだから、外国ぐらい行ってみましょうよ。どうせ、先は長くないんだもの。みたいものを見て、食べたいものを食べるくらいの贅沢、許されてもいいんじゃない。遊んで来たら、その分、また働けばいいんだし……」

はるみの言葉に、けいもやっとうなずいた。

「あたし、パリへは行ってみたかったのよ」

少女の頃からの宝塚ファンでもあった。

今でも、シャンソンが好きで、風呂の中でいい声で歌ったりしている。

パリは、或る意味でけいの青春であり、泣きどころでもあった。

「行こう、姉さん、行こう、行こう」

はるみが姉の手をひっぱって、子供の時のようにゆすぶると、けいの表情もゆるんだ。

「行こうか、はるみ」

女というのは、いくつになっても、なんと単純なものか。夕方になって料理学校の帰りに要介がマンションへ寄ったとき、二人の女性はパンフレットをひろげ、せっせと外国旅行の計画を練っていた。

費用を安くあげるために、二人がえらび出したのは、フリータイム、いわゆる自由行動の多い団体旅行に参加することであった。

ロンドンに五泊、パリに五泊という十日間のツアーである。各々、ホテルはきまっているが、客の好みに応じて、国内旅行をするのは自由となっている。

奈々子もやって来て、こまかく内容を検討した。

「ちょっと日数が足りないけど、なんとかウインダミアのペンションをみて廻れるようにスケジュールを組んでみるわ」

幸い、その団体旅行の出発日より一週間早く、奈々子はロンドンへ行くことになっているので

「泊るペンションなんかは、むこうへ行って手配をしておいてあげます」

ペンションを廻るイギリス国内旅行には無論、奈々子が同行し、レンタカーを借りて彼女が運転して行くという。

「奈々子さん一人じゃ大変だな」

俺もついて行こうか、と要介がいい、けいが笑いとばした。

「なにいってるのよ、あんたは留守番。クリーニング屋も面倒みてくれなけりゃ……」

「咲子にまかせておいても大丈夫だよ。あいつはしっかり者だから……」

「女の子一人で物騒ですよ」

「あいつ、一人のほうが気楽でいいっていってるよ」

そんなやりとりがくり返されている中に、たまたま、静岡から商用で出て来た成二が相談に加わって
「そら、女ばかりよりも、男が一人でも二人でも行った方がええよ。外国で女ばかり三人というのは危険やないか」

といい出した。

「花緒さんに、うちへ来てもらうのはどうかな」

提案したのは要介で
「咲子も花緒さんに泊り込んでもらえれば安心じゃないか」

成二も、すぐうなずいた。

ちょうど、スッポンの養殖も、冬は給餌がないし
「そら、かまわんわ。花緒を東京の留守番に来させることにしたら」

話はとんとん拍子であった。

「大体、義姉さんと、けい義姉さん二人では、ペンションの経営をみてくるいうても、

その中に

いっそ、自分もついて行こうかと成二までがいい出した。

こういう話はリズムに乗り出すと、どんどん、はずみがついて行くもので、その中に

奈々子から話をきいたという仙田哲夫までが

「俺も行ってもいい。ちょうどロンドンで、みたい芝居が上演中なんだ」

すらすらと仲間に参加した。

奈々子と哲夫は外国旅行の経験もあり、パスポートも持っているから、どうということはないが、はるみは勿論、けいも成二も要介も、旅行社にまず申し込み、パスポートの申請やら、その手続きに必要な写真をとったり、戸籍抄本をとり寄せたりと、身辺は俄かに慌しくなった。

「パーマも今の中にかけておいたほうがいいってよ。カットもしておかないと……」

外国旅行の経験のある友人にきいたといい、けいはもっぱら、髪のこと、着て行くもののことで夢中であった。

「ヨーロッパの冬って、そりゃ寒いそうよ」

どちらかといえば、けいは寒さに弱く、はるみは強かった。

日本の東京暮しでは、オーヴァコートもさして厚手のものを用意しなくとも充分に冬が過せた。

毛皮のコートもお洒落以外には必要でなかったし、ブーツも同様である。はるみは手持ちのコートの中から一番あたたかそうなのをえらび、スラックスを新調することにした。

パンティストッキングも厚手のものを買い、手袋やマフラーも用意した。

スーツケースは大型のものがなかったので、旅行社の係員がすすめるレンタルので、外国旅行用のを借りることにした。

そんなことをしている中に、パスポートが出来上ってき、旅行スケジュールのパンフレットも届いた。

けいは毎日のように、はるみのマンションへやってくるし、成二の上京も多くなった。

比較的、のんびりしているのは、要介で、これは黙々と料理学校へ通い、時折、仙田哲夫と会っては、建築費用の見積りをたてたりしている。

もう一週間足らずでロンドンへ出発という日に、はるみが洗濯物をテラスへ干していると、玄関のブザーが鳴った。

例によって、けいか、成二か、それとも若い連中かと思いながら、ドアをあけてみると、立っていたのは静岡の誠であった。

「浜松の叔父さんにきいたんだよ」

ちょっと照れくさそうな顔で、鞄の中からちょっとした包をとり出した。

「お母さんが、外国旅行をするってきいたものだから、薬を届けに来たんだ」

たまたま、東京に私用があって上京したついでだという。

「風邪薬とか、お腹をこわしたときの薬、消化剤や抗生物質も入っている」

誠が包をひらきかけたので、はるみは慌てた。

「まあ、お上りなさいよ。こんなところでなんですか」

誠は素直に靴を脱いだ。

新しい仏壇をみると、近づいて線香をあげる。

「すっかり、ごぶさたして……どうも敷居が高かったんだ」

はるみに向けた誠の眼に、以前のようなよそよそしさが消えていた。

「母さん、変りなかったか」

「あたしは元気だったけど……」

誠が少し痩せたのに、はるみは気づいた。

「誠さんのほうは変りはなかったの」

「女房が肝臓を悪くしてね、実家のほうに入院したりしたんだ」

もう退院して自宅で療養中だという。

「そりゃ、大変だったじゃないの」

知らせてくれれば、子供の面倒ぐらいみたのに、とはるみは本心からいった。

「母さんに、あんなひどいことをしておいて、今更泣きごとはいえないよ」

誠は、みるからに疲れ切っていた。

「奥さんの実家は、助けてくれなかったの」

「何日か、子供をあずかってくれたんだけど、神経的に、むこうのお母さんが参っちゃったらしい。もしも、怪我などさせると責任が重いからっていわれてね」

家政婦を頼んだりしたが、子供がいると、大方二、三日で辞めてしまうと、誠は愚痴をいった。

「誠さんが一人で、家のことも、子供のこともしているの」

「仕方がないでしょう。近頃は他人の生活に関係なく暮しているから、いざという時、近所の人も知らん顔なんだ」

プライバシイはしっかり守られるかわりに、遠い親類も、近くの他人も、全く頼りには出来ない。

「ちょっと連絡してくれればよかったのに」

はるみはしみじみいい、嘆息をついた。

「なんていったって、あんたは息子なんだもの」

「そういってもらうと、恥かしいよ」

誠に、居丈高なところがなくなっていた。

どこかで、はるみにすがりつきたい様子がみえる。

「旅行から帰って来たら、一度、ゆっくり話をしよう」

食事をして行かないかという、はるみの勧めを、子供が待っているからと、誠はせわしなく帰って行った。

ちょっとみない中に、背中が老けた感じである。

薬の包を、はるみは旅行に持って行く大きなハンドバッグにしまった。

心は、もうロンドンの初冬へ飛んでいる。


（下巻につづく）

◎遺産相続などの法律に関しては執筆当時の民法に基づいています。

初出　静岡新聞（昭和54年5月26日～55年4月2日）
単行本　「女たちの家・上」昭和55年1月文藝春秋刊
　　　　「女たちの家・下」昭和55年4月文藝春秋刊
一次文庫　昭和59年1月文春文庫

文春文庫

女《おんな》たちの家《いえ》 上

定価はカバーに表示してあります

2012年5月10日　新装版第1刷

著　者　平《ひら》岩《いわ》弓《ゆみ》枝《え》
発行者　羽鳥好之
発行所　株式会社 文藝春秋

東京都千代田区紀尾井町 3-23　〒102-8008
TEL 03・3265・1211
文藝春秋ホームページ　http://www.bunshun.co.jp

落丁、乱丁本は、お手数ですが小社製作部宛お送り下さい。送料小社負担でお取替致します。

印刷・凸版印刷　製本・加藤製本
Printed in Japan
ISBN978-4-16-771018-7